林楷倫——著

廚房裡的僞魚販

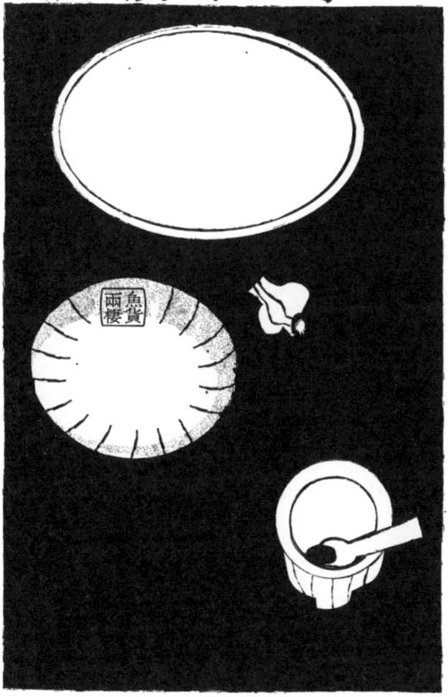

本書人物角色皆經模糊化微調處理，如有雷同，純屬巧合。

目次

輯一／廚刀、火與夢

二〇一四的他們 9
就是奧客，你知道 15
Ctrl+C成功，Ctrl+V 25
沒有星的男人 39
評鑑之前 53
夢要用錢來換 63
標準路徑 75
Be a man 83
廚傷 91
我們仍然不能溫柔 107

輯二／廚房實境秀

走進魚市的廚師 121
打卡按讚google五星 131
搶先訂位 141
空班時不睡覺，打傳說 153
辭職理由：幣幣賺夠了 163
疫情廚房 173
周休三天 183

輯三／廚房之外：我與他們

米其林是什麼，那能吃嗎？ 193
得星之後 199
潛台詞 207
色度 217
大白盤上的布朗尼與旁邊的生日快樂 225
飯糰與千層麵 233
菜名：魚販。 245
後記——水冰與炙焰 255

輯一　廚刀、火與夢

二〇一四的他們

在幾場小小的聯名餐會看過他們，這些餐會都有個環節是讓幾位主廚說話。有些廚師靦腆地說菜，說這道菜源自他這幾年在海外某餐廳學習的手路菜，或是說回憶裡的這道菜怎樣跟他學到的技法結合。有些則只是謝謝大家。一兩個會開始說起對臺灣媒體或餐飲業的不滿，例如媒體追崇產業的大頭們，只聚焦在大頭們的動態。「根本沒人理他，好不好？現在理應百花齊放才對呀，我們都回來了。」二〇一四年的何順凱拿著酒杯，臉紅地說。說完整場拍手，拍手不知是贊同還是突然爆言非常有趣。沒人緩頰，沒人說那些都是可敬的前輩，那些前輩當然可敬，而這群海外回來與臺灣蹲久的他們不甘於只是看著從海外紅回臺灣的前輩，就算他們才三十出頭，在他們任職的餐廳小有成就也獨當一面，但仍然默默無名。

他們不是渴望大眾關注，而是料理本身是種創作，是種自我表演。表演需要被人看到，他們要搶奪的是話語權。「讓我們用菜說話吧。」快要醉的某人說。

那是場小到不能小的餐會，沒有記者，沒有人記錄，幾個年輕主廚發表著像是某種藝術類型的革新宣言，但沒人聽見沒有關注。沒人會說這樣的狂言怒吼是新臺灣料理宣言。

他們過一兩年分別開店，有人記得那場餐會他們說了什麼嗎？

年輕的他們，說過自己的菜，八寶鴨或是藍紋起司兌豆瓣之類的。我身為一個專交餐廳魚販，最常遇見的就是這些主廚，我不會問他們菜色的食譜，常在廚房的走道式冰箱前與他們喇賽，聊些日常生活，從流行語聊到生意，從港片梗聊到動漫。好像沒什麼可以聊，卻站在那聊完他們的空班時間。最常的話題是你住哪裡，那裡有什麼好吃的。元餐廳的蕭淳元狂推南投市的南投意麵，態芮的何順凱則推台中南區的六六順牛肉麵與肉圓，澀的阿華跟我同鼻子出氣都說太平好像沒有好吃的，我甚至還推薦阿華吃他家對面的早餐。我與廚師總在他們要換菜單之際，聊得特久，說哪家餐廳難吃，說哪家餐廳又特別紅（這時一定會加入酸言酸語）。

「那下一季要用什麼？」他們問，這往往是話題的最後了。

要用什麼這問題很難也很簡單，我反問你想怎麼用。他們會回某種料理法，有時會開始說起自己的回憶，甚至更籠統地說臺灣有什麼獨特的海鮮。我曾這樣回答凱維，臺灣的海鮮就那些，但海鮮料理變化可多了。在我小小的吃海鮮記憶庫裡頭，能提供的是料理的變化式，漬蜆變成漬什麼，蚵仔嗲不就是臺灣的可樂餅。他們也有他們的海鮮記憶庫，廚師的記憶自然跟飲食緊緊綁在一起。

對廚師而言，吃是取材，長久習慣吃的東西則是自己的底蘊。我認識的主廚們出身背景都不是大戶人家，但他們熟記自己成長至今的各種飲食，將食物的記憶攪混又分離，結構又解構。各種方法展現的美味，是更自我的創作。

曾有人對我說過創作者都是暴露狂，我深信不已。這群廚師們，也是暴露狂，在多少程度下暴露給食客才是有美感的暴露呢？曾有個廚師，單純對臺灣人追求ＣＰ值的行為感到疑惑，做了道分量過大的餐點來反諷，卻沒有反諷到，反而得到好評（雖然大家都說吃太飽）。

二〇一四年的他們，有準備好這樣的暴露嗎？

回頭看來，他們早就準備好了。從日本回來的阿元、從法國回來的凱維、從新加坡回來的何順凱，從哪回來都各有各的模樣。那年，在地食材方興未艾，還不是俗濫。菜單上的主菜印上臺灣兩字，似乎就走在剃刀邊緣，客人要不覺得臺灣食材很便宜，要不覺得哇好文青喔（文青是萬用的貶詞）。嫌臺灣牛老硬，嫌臺灣豬市場就可以買，嫌臺灣的魚沒油，各種嫌先蒙上料理表層。

我與這些廚師也都知道，外國的月亮比較圓。

但我們得反抗，如何反抗？用味覺反抗。

這樣的反抗心態不就是當廚師的特質嗎？

準備好的是透過反抗撐開自己的空間，他們大聲定義著自己的臺灣味。從極具個人特色的菜單命名，到中餐仍可以有高價的個人套餐，或是在料理中翻轉臺菜的熟度與精緻度等等，那些改進其實都很叛逆。

回望二〇一四的他們，至今，拿星的拿星，得到地位的也有地位，卻仍然叛逆。如何在做自己與取悅他人做平衡，這問題對他們來說並不是正確的，這本來就不是軸線兩端。更困擾這些廚師的不只這些，其實更多的是在營運上面：員工、食材成本、自己的生活，還有該死的google評論。

「這就是臺灣人啊。」不管是討論員工問題、食材成本，甚至自己的感情，這句話作為萬用的解答。

我嘆了口氣，說的人也嘆了口氣。從廚師及其日常怎麼看到臺灣人的模樣，就等同於怎麼做出臺灣味一樣的有趣。當初，在那些小小的餐會上說的狂語，至今，有幾個廚師還會說？就算站上了舞臺了，他們說話還是他們的樣子，或許加了點企業家的模樣，有遠離初衷嗎？一定會有的，太多原因了。回問他們，當初為何回來，他們會說有家，幹嘛不回。

這種爛爛的答案，很棒吧。

就是奧客，你知道

「就是奧客，你知道的。」我刻意用當時流行E.so唱的歌回答，他問我最討厭菜市場裡的哪種客人。

前幾分鐘，我自我介紹來自霧峰菜市場時，他哦了一聲接著說做完菜市場才來交餐廳喔。

他沒說的潛台詞是菜市場有海鮮專業嗎？

「有船嗎？」他問。

「沒。」

「客戶是誰？」

我說了幾家，他回那些主廚他都很熟呀。

「你應該知道Fine dining圈小小的，你去問問那個誰，看他知不知道我。我習慣用什麼，你應該上網查過吧。」

我查過，他三千套餐用中國走私馬頭魚做脆鱗，二千的用挪威鮭魚說是國王鮭。我點頭，繼續聽他要講什麼。

安靜點頭等待下一句話。這是我裝傻的預備式。

「知道我習慣用什麼，你還把型錄印這麼多。」他發出哀一聲的長嘆，接著說馬祖魚、澎湖魚我都玩過了啦。

「我知道，我知道——」

他打斷我的話說：「你賣魚幾年了？」我還沒說出正式入行的年分，他回沒幾年吧。聽到這裡我有點火大，但我回說賣魚十幾年了。

「你是不是騙我呀，只在菜市場賣呀？那你最討厭哪種客人？」他問。

創業初期，我google新開的餐廳，一家一家打電話過去詢問。會談要花廚師珍貴的空班時間，主廚不能在五張餐椅或是兩張桌子併成的床午睡，或是不能多抽幾根菸（我當時應該請主廚們抽菸才是，應該把香菸、檳榔、酒帶在身旁才是），所以常被拒絕也能理解。

「來談一談呀。」回覆我這句話的廚師大概佔20％。

這20％能談成大概只剩10％，長期合作又是其中的10％。

我以為闖蕩餐廳的商業本領是專業知識＋行銷＋誠意，能聊得愉快能理解互相就能做生意。

沒那麼簡單呢，我誤解廚師比市場買魚的人們還內行。他們確實內行一些，但更裝懂一些。

我跟那位主廚談起奧客，我說起菜市場的奧客沒有加油添醋也沒說最奧的那個，他對我每一句話都加以駁斥。將右手舉在嘴前說：「這哪算奧。No Show才煩。」一會，又撥撥頭髮打個呵欠說：「這都小事啦。」

「你還磨練不夠啦，年輕人。」

我不懂為何要經過各種磨難才成為專業，我也不懂我得跟他講我的人生苦難史嗎？我笑，仍然稱他為主廚。

「那你有什麼特別的？」他問我。

我還正想問他呢。

「我有來自大溪的貨，臺東、馬祖，甚至金門也有。」

「宜蘭大溪。」我補述。真的有廚師以為桃園大溪有漁港。

他說他知。他開始問我有沒有一種便宜的小魚，黑黑的酥炸沒刺。

「黑鱈？」我問。

「你賣多少？」

我將成本乘以110％，讓他的貨與其他店家一起集運，才能開個他想像中的合理價。

他的表情像是剛剛我按下電鈴時，被吵醒不耐的臉。
不夠便宜呀。我想。
「這一公斤五十吧？」他說
「媽的這啥死豬價。」我回。他滑滑手機，現出二〇〇九年的報價單，離與我商談的二〇一八年九年之久。
「這死豬價才是我要的價格，你拿過公斤六百的斤級紅喉嗎？」好啦，這人要開始洗我臉了。我準備好了。
他打開照片，照片裡是一尾大紅喉放在磅秤上面，重量一斤十一兩，價格公斤六百。
「喔，好棒棒喔。」我當初應該這麼回，但我只是回說很難啦現在哪有這個價格。
「所以說，你還太年輕，去漁港多混幾年啦。便宜再合作好嗎？」他幫我開了店門，拍拍我的肩對我說。

我笑笑地說好，不敢反對。圈子很小，一不小心得罪誰，便得罪一整圈人。

他關上了門。我走到摩托車旁，車一發動罵了聲髒話，打給太太連番抱怨。

「他真的叫貨，你會送嗎？」

「才不會咧。我缺這筆嗎？」講這句話時，我確實什麼錢都缺。離開原生家庭，身上沒有任何積蓄，卻得開始創業。十元五元都是錢，卻得當海鮮批發產業的新競爭者，一切都講現金交易的行業，新進的店家只能削價或是找尋自己的特殊定位。我的特殊定位是一家魚行能搞定全臺灣的海鮮，但價格並不是最漂亮最低的。雖然能削價，可將利潤從12%降到7%，但得看感情，得看感覺。

「那人很哭捏。」我說。

「唉，不送沒差啦，不要氣餒。」太太的鼓勵是知道我有點受傷，是知道有時我的專業不是別人眼裡的專業，也懂有些人的專業就是超級假裝專業。

我面對我的上游，不太殺價，匯款也算迅速。我將自己打造成不是奧客。我以為這樣能穩定交易關係，但也總有幾次因為太不奧客了被當成外行，貨主將爛魚爛蝦寄了過來。我先把貨收下然後開始抱怨，抱怨幾句，換對方講話時，我的應對依舊老套，安靜點頭等待下一句話。

「你是不是剛賣魚？」他問我。「不是。」

那些魚販都會說是冰打太多啦、是黑貓的錯啦。

等到他扯到不能再扯，我會跟他說你這蝦該怎麼冰，你這魚不是當地的。

講完，雙方安靜。

無聲時刻，安靜點頭等待下一句話。

「退你錢，貨幫我銷掉就好。」他們常這樣說。

「請下次冰好，還有我賣魚好幾年了。」我回。

做生意的人都覺得自己不會是奧客，主廚也是，我也是。

這樣的我很奧客嗎？是吧。奧客的模樣都很像吧。

幾天後，很哭的主廚拉了個群組，他要副廚叫一尾鮭魚與一公斤黑鱈。鮭魚限制價格砍到幾乎沒賺，而黑鱈備註寫著主廚說你拿得到最便宜的。他下單在周四深夜，周五得從漁港寄貨，周六送達。有些饕客吃日料時會特定在每周的三或五、六去吃，因為那是進貨日。然而，臺灣宜蘭的海鮮如果要送中部，盡量避開周五周六寄貨，為什麼，貨運周六有時不送，周六雪隧爆塞。還有個原因是周五要迎接假期，魚貨通常會漲價。周五，我看了貨主的報價單，黑鱈的價格含運費公斤一百六過來比他想要的價格貴個三成，我要賣嗎？當初跟太太說少這筆也不會死，現在卻想交這一次，以後變熟客再賺回來就好。

決心賣個公斤一百二，沒有賺錢還倒賠運費。

在臺中市鬧區晃呀晃，等待餐廳的空班，餐廳關燈，我按下電鈴。

搬著貨進入廚房，廚助們看著黑鱈說這能吃嗎？誰叫的呀？主廚副廚都不在，沒人負責的廚房，簽下貨單後，還問我這不是詐騙吧。

「鮭魚是你們的例常菜單，公斤一百二的黑鱈出給貴客吧，還能看到其他的喔？」我問。廚助們的手戳呀戳，將黑鱈的肚子戳破，我還多事順手送了幾隻要給家人吃的角蝦，他們在那裡玩著。這次是第一次送他們家，也是最後一次吧，我想。

「主廚，貨還可以嗎？」

「可。」

主廚又傳來一張當天的報價單，上面寫著黑鱈一斤一百一十五元。

我本想回他說我算的是公斤價你這一公斤一百九，我的便宜多了。我卻將打好的字刪除。

「好喔。謝謝。」

放了兩年，沒有再跟他聯絡，刪除他的對話，不要占手機空間。

他有問我幾次海鮮的問題，我都已讀不回，甚至看到後還笑了幾聲。

為什麼笑？因為已經無法安靜點頭繼續裝傻。

還有，就是奧客，你知道的。

Ctrl+C成功，Ctrl+V

「你呢？如何成功的？」軟哥問我，只有他問過我這個問題。我不覺得我成功。

我見過成功人士，我爸。

以捐款多寡來排序桌位的小學家長會聚餐時，我與他坐在前方，聽無趣的校務會報。我轉身便找尋好友，卻無一人能跟我玩。爸壓住我的肩膀，不讓我東張西望。要有定性，他說。旁人講起股票，他不懂。講起名車，爸說ＢＭＷ是流氓開的，有品味的開美國車。成功人士的話題只在講成功之後要買些什麼，小五的我都覺得貧乏了。

我問旁邊的叔叔如何成功，他笑得尷尬。

會後，爸跟我說他田僑仔。

「你呢？如何成功的？」我問爸，他只說以後我再教你。

我與軟哥相識於一場名為中／西的餐會，他代表中菜，西菜則是我交貨的Ｓ餐廳，主廚諾亞跟副廚僑仔。軟哥遞上名片寫著行政主廚／負責人／〈大人成功學〉中區組長。餐會的名字一定是他取，他熱愛斜槓。我回答不出關於成功的問題，他自問自答對我的想法，他認為我已有二、三十家餐廳穩定交送，我誠實地說只有十家。「哪有可能。」他說，卻接著幫我畫起大餅，要我做直播。我拿起手機放出他口中的那些直播主，他拿走我的手機幫我加入〈大人成功學〉的ＦＢ、Line、ＩＧ。

軟哥轉身進入廚房，他穿上廚師服，不拿刀不拿鏟拍拍旁邊廚助的肩，他指著菜不斷說這句，「那差不多了吧？」不碰刀不動火。我問他要用什麼食材，他喚來一名叫胖胖的廚師，真的很胖胖到都長出肝斑。我圈起兩家餐廳的海鮮菜色，說這要怎麼叫用哪個產地比較好。軟哥直接說用最好（最貴）的活明蝦，主廚諾亞點點頭，我深知軟哥的菜根本不需要用到活明蝦。明蝦滾粉油炸太浪費了吧。

餐會前，軟哥又說活明蝦難拿吧，害我將已經訂好的貨臨時取消。換成冷凍的明蝦。

他仍然對客人說這是來自澎湖的活明蝦，用我傳給他的活明蝦影片炫耀一番。這幾隻冷凍明蝦會變得更好吃。

餐會後，西餐主廚諾亞問我要不要認識軟哥。

「不就認識了嗎？」我回。

跟軟哥開口沒幾句，他已幫我在他的臉書提出好友邀請。「人脈，人脈。」他邊說邊打開他好友清單，你看這某某主廚這某某媒體。

這樣不就認識了嗎？

我將食材放入冰箱，邊想我這樣是成功的模樣嗎？點入〈大人成功學〉社團成員有軟哥與幾位我認識的主廚。人脈人脈，腦中迴盪。我想起投身海鮮業的初衷是成為一個「成功人士」，邁進財富自由，得到人生自由。這句話不斷地跟自己說，像是催眠。社團的精神宗旨寫到要想著成功，不只是不能輸而已，而是連失敗都不准想。入社的自我介紹，我打上我商行的名稱與年營業額，下方無人譏笑也無人按讚。軟哥傳訊過來，說來參加聚會呀，努力一點，哥會罩你。

翻起社團的往日動態，照片中軟哥從最邊邊角角的小角色站到前面三排，他一定很想站到C位吧。

這就是成功呀，我想。

國小時要介紹父親的職業（卻從沒有介紹母親的職業？），我爸拿了張名片給我，上頭的頭銜掛了月牙泉／找碴／爵士拼盤／邊緣泡沫紅茶店負責人。在講臺上，我驕傲地唸出這頭銜，形容起我爸，說我看著調茶小妹手上結冰的雪克杯，但我爸鎮日在辦公桌前不知道在幹嘛。幼年的我認為成功是可以不用工作，不用去碰創業初期得親力親為搖到手又冰又痛的雪克杯，或是等待叮響的烤土司與常常燙手的廣東粥。

我坐在爸的辦公椅上搖啊轉呀，多像個成功人士。

我沒想過那堂課的報告，會讓老師請爸爸來演講。

爸來到學校，穿著一如往常的 Ralph Lauren 的 Polo 衫，跟老師說捐錢給家長會可以，但演講就不必了。老師對我爸的稱呼是林先生，我聽起來有點不習慣，我習慣他人叫我爸林大哥。軟哥也是這樣介紹自己說叫他軟哥。當我開拓業務時，遇到不認識的男性，我都尊稱哥，並不是特別有禮貌，而是直呼名字太尷尬。小我十歲的叫哥，大我三十歲的也叫哥。哥在社交場合只是語助詞罷了。

但要別人叫他某某哥，那必然想要他人尊重。

我爸也是這樣介紹自己，我叫林某某，可以叫我林大哥。

在深夜的生意場合喝一兩杯啤酒就臉紅的爸，旁人不會說你兒子不用早睡嗎？他們才不會談教育只談錢，就算是家長會的聚會也一樣。

軟哥所屬的社團裡，每張照片都是一群臉紅紅的大人。

我從沒參加過那樣的餐會，衣櫃裡沒有西裝，我不會喝酒，不會官腔只會說垃圾話。跟我差不多年紀的主廚，最常問我的是你有沒有買房，我說沒有錢買。然後，大家都一樣開始灌輸人生就該如何，套起美好人生的公式。我只能回要不然讓我漲價，我可以買房快一點。他們的髒話回應也像公式。軟哥不同，他不鼓勵買房，鼓勵擴大借貸，玩起錢的槓桿，撬起錢錢的開口。

軟哥開了分店，一家兩家三家的開。只要得什麼獎得什麼評鑑，店裡要做的事情即是漲價。

我幻想他會在員工面前說：「椅子要多窄有多窄，吸管要多粗有多粗，冰塊要多大有多大。」

但他的店以客為尊，料理好吃。

「羊毛出在羊身上。」他對我說起他服務之道。我點頭。

「但我是剃羊毛的人。」

他養的羊不只客人。在徵才時開出的條件比同業高出兩成，將人才留住甚至壟斷，該有的福利、該有的升職管道不會少給，只不過工時多到要命。有人抱怨，他會說這是餐飲業的天命。出餐完，所有廚師刷起地板，連做到主廚階級的胖胖也是跪著手刷，胖到跪著刷像是趴著。問他幹嘛這麼辛苦，為了錢呀，為了淡季的員工旅遊呀，為了新店的股份呀。

軟哥問我為何不多請幾個員工擴大生意。

我不想呀，我怕我對員工太好。

「員工養好了就會走呀，你看我家這個胖胖待了多久。我的愛徒阿球，走之前還跟我說他討厭中餐，他想做西餐，去開店呀。你能對員工多好，我還借阿球錢咧。」

我所謂的好，不是這樣的好。我一直以為做個好人是對別人就像對自己般。

這是我的以為。

我的臉有一點不屑。他搖頭他開口大笑，然後拍拍我的肩。

「多賺一點啦，年輕人。多來聚會也能賺錢。」

我一直以為做個好人是對別人就像對自己般信奉成功學的大人們可不這麼認為。社團內一則周休三天工作效率更好的貼文，所有人口徑一致懷念起沒有周休二日的年代（那些留言的人在沒周休二日的年代都還是國中小生），我說我支持，留言被刪除。被刪除就被刪除了，軟哥來跟我說不要在意，你得改變。

他將行事曆拿給我看，滿滿的字，大部分的行程都是和某某董吃飯。「你看我這些行程都是人脈，都約在我的店裡，我請吃飯呀。我連自己的羊毛都割光了。毛剃光了，給這些董仔織毛衣，以後他們回饋給我，我長出來的新毛才會豐盛。」

軟哥連垃圾話都如此成功。

成功學的大人聚會沒有停過，直到疫情冷淡下來，每日貼文裡的照片總算不是聚餐照片，而變成各種視訊線上對談。那段什麼都不實體的時間，軟哥的餐廳早早就想出做便當的模式（好想叫Edge來當顧問，把這麼醜的便當改精緻一些），在每個視訊的夜晚旁邊都擺上軟哥精心製作的便當，甚至每個成功大人們都為這便當說起勵志小語，比如「能屈能伸」，「小便當大巧思」。軟哥確實是在疫情剛爆發就發現便當這條路徑，他也不斷跟西餐廳的學弟學長推銷，當有人採用他的意見，他便會在店家臉書下寫自己的想法從何而來，從成功學的大人社團而來，又開始教起貸款開店那招，很煩。

我好想跟軟哥說不用教我這個，國小的我都看過了。

開分店搶市占，開分店拓市場。我爸拿了幾桶金與幾條人脈，在泡沫紅茶熱潮裡，同時間開了三家分店。他每天都往市區裡跑，住鄉間的我一日只見他一面，那一面是聯絡簿上的簽名。我本以為他會疲於奔命，然而他坐在辦公室裡想著如何更投機地賺更多錢，他相信自己做出類似於流水線的系統，相信那些表面的營收。當他沒賺錢時，唉聲嘆氣，問他為何唉聲，他只說開店不是為了賺錢，而是讓別人看看自己的能力，又能拓展多少人脈。

當軟哥說我店家太少，經營過度保守。我回這樣很好啊，可以陪孩子。

「隨便你。」他說。

我將成功學的社團取消追蹤，將軟哥的動態訊息噤聲。Line的通知卻不斷跑出來，我不敢退社，因為我知道離開社團後有一則訊息會寫XXX退出社團。

明明知道我自己不是這圈的人，卻被這種退出社團就不是成功的想法圍繞。我是失敗的生意人嗎？我知道不是。

就算如此，在餐廳店家交流的社團裡也會看到軟哥的身影。不時轉PO貸款資訊與天下雜誌的文章，「有錢人跟你想的不一樣」、「勝利者的邏輯」他常用這兩句開頭，負面的新聞便寫上「可憐人必有可恨之處，失敗者必有可輸之點」，常常沒人按讚，只有我按，算是捧場，卻搞得我像是他的信徒。

我看過失敗的人。

爸也不是時時晃蕩在家，仍然奔波在市區。在幾家分店徘徊，手機尚未普及的年代拿起貝殼機，打著所謂的人脈所謂的錢脈。幾個人會借不用利息的錢給他，那是對他的信任。幾個人會借高額的利息給他，那也是對他的信任。他不做選擇，有人可借全都要。捨不得頂讓，也捨不得承認自己的失敗，他仍然躲在那間辦公室裡坐著辦公椅轉圈圈。

我曾接起許多問說林大哥在嗎的電話。

也曾接起直呼他本名的電話，我接起來會說他不在。

我希望他在能接，我也希望這些電話不再響起。

爸收掉了市區的分店，回到故鄉的小店裡，小店供不起大佛。他晚上沒事做又跑去市區，沒人顧的小店由小孩來顧。

我以為他是那麼努力地想要成功。

而國小的我是那麼努力地假裝他還沒失敗。

我退出了〔大人成功學〕中區、全國的社團。本以為會有人在意，以為軟哥會來客套。沒有人問我怎麼了，離開成功學的路意外簡單。

我的業務人生沒有變化。有新的餐廳要開幕，會搶在開幕之前Call客、加臉書好友。「約個時間談談吧，哥。」與不認識的主廚商談，我開口第一句會說我是哪幾家餐廳的供應商，主廚往往會說他認識誰，或是說喔我知道你。我多希望不是軟哥跟那些主廚說。

但往往都是。

軟哥認識的主廚會說他們店的願景，分店、中央工廠，也會順帶幫我的事業做個願景。講這些，以便壓低貨物的價格。講這些，他們會更像成功人士一點點。

到底廚師心中的成功是什麼樣子？煮出讓客人幸福的料理？這答案有夠老派。說自己要得到某些肯定，如得米其林、得世界亞洲幾大，講出來又太市儈，其實市儈的是大眾，是我們，廚師本來就是個換錢的工作（哪個工作不是）。把得獎的慾望講出來，會被唾棄，如同異男公開談論AV女優一樣，沒什麼大不了，但就被討厭。成功到底是什麼？是好幾家分店，是那臺進口車，或是底下的員工累得要死。

還是成功就是財富自由呢？軟哥一定財富自由了。成功是貪，不夠，永遠不夠，所以不斷追求滿足，成功是成了一件功，還不斷找尋下一個。活得有目標，得到目標不算什麼，而是過程。

對軟哥而言，疫情是上天賦予的禮物，讓他找尋新的道路。跨過困難一點都不困難。因為疫情很閒的我，玩起股票，心情隨著漲跌起伏，我心裡想的是沒事做也得賺錢，用錢滾錢，我眼裡看著是軟哥在社群軟體放的漲停板照片。

「我算是成功嗎？軟哥。」我問，只是因為我的股票跌停板想找人聊天。

「哪有成功，你退出社團就離成功遠遠遠遠的。」他回。

我兒女看我臉色鐵青，看我股票鐵青，他們與我分開靜靜地玩。

他回傳了張當沖賣空的照片。我刪了他的訊息，沒有封鎖。腦中還在懊悔為何問這種問題，軟哥又傳了張新店開張的照片，原本的店址因疫情倒閉，店租一次次降價後，軟哥頂了下來。

「有我的海鮮的份嗎？」我問軟哥。

「哈哈哈。」他回，人家說傳哈哈哈三次是敷衍。

本來就該敷衍我了，我早退出他的群了。兒女玩得無聊，來找我，來問我今日行情，我把手機丟到一旁，說來玩啦，又問爸爸是個好爸爸嗎？是個成功的爸爸嗎？

「哪有成功，只會玩股票臉臭臭哪有成功。」兒女笑我，我也笑笑自己如此那般的失敗。

沒有星的男人

「給我一顆星就好，不，米其林推薦、必比登什麼都好。」

想找主廚談論米其林評鑑，要識相一點，在開獎前一個禮拜不要問店家有沒有得。有得星的、有得到米其林推薦的，口風很緊不會提前外流。沒得評鑑的店主與主廚，只求安靜地度過這段時間。

自信與失望是相對的。

臺灣第一次米其林評鑑公布的兩個月前，我問諾亞有沒有收到米其林的信。諾亞說還沒，現在沒人知道。我問起密探的細節，他只說有外國人來吃飯，吃完飯跟外場要店的網址跟 e-mail。那時諾亞的店只靠他自己的臉書還沒有店的粉專，上次更新是一個半月前，內容為自己家要休假去臺東玩，一張全家福。電子信箱還是私人信箱。

「有關係嗎？」我問。

「沒關係吧，東西好吃最重要。」諾亞把我要安慰他的話先講光。我拍他肥軟的手臂，說會得啦，沒一星至少有推薦。我猜他不注重米其林評鑑，他的菜系最高榮耀不是米其林，而是紅蝦，義大利菜的評鑑。

但臺灣人知道紅蝦評鑑的有多少？比知道臺灣有胭脂蝦、角蝦、蝦母等紅殼蝦類的人還少。

他說起新竹某家得紅蝦的餐廳，最近用什麼食材，問我有沒有。我想那家餐廳是他的假想敵。

有一樣的食材，也不一定要跟那家餐廳走一樣的路。我回。開餐廳跟做人都要活出自己的個性，諾亞的餐廳跟他的個性一樣隨和好吃，偶有別家餐廳的影子，但仍有自己的味道。餐廳的生意很好，比很多預計會得米其林的店都還好。

「不用擔心啦，諾亞有得沒得沒差啦，反正每天客滿。」我說，他沒有回。靜了，我又拍拍他的手臂。又補句會啦，會得啦。

得個什麼都沒差，為求有人肯定。

得了什麼，也會被酸。得亞洲五十大餐廳，會被說賣礦泉水的餐廳，因為亞洲五十大餐廳的主辦商為S.Pellegrino（聖沛黎洛）。得米其林評鑑，會被說這外國觀光客吃的，不是在地內行人家前的巷口。得紅蝦？沒人在意。還有名為綠色、盤子等等評鑑，能招來幾位客人不好說，真不好說。

諾亞嘴說不在意，餐廳的礦泉水早換上Acqua Panna（聖沛黎洛的礦泉水品牌），氣泡水是自己買機器來裝，但還可以另外單點Pellegrino。偷看他的車輪還用米其林（毫無關係），有沒有得什麼有差嗎？臺灣米其林評鑑第一次開獎，誰知道能帶來多少效應。

臺灣人的個性愛跟風，有獎項證明就是強，就是得排隊。粉絲專頁按讚爆增，訂位電話都爆滿，google評論會從原本4.8顆星掉到4.2顆星，評價掉的原因：「本來要來吃，但太難訂位」、「好貴，怎吃得起」、「沒有臺灣人的味道」，不用想一定會有人留我家巷口前的餐廳比較好吃這類留言，怎樣都要打臉米其林評鑑表示自己最棒，卻還是忍不住訂位，找關係安插位置。

為什麼我知道？因為餐廳得星之後，有好幾個不熟的人叫我幫他們安插位置，國中同學跟我說他國中買過麥香紅茶給我喝，現在我該還他，得幫他訂位。神經，連我自己都得打電話訂位了，還輪得到他們。

公布前一個禮拜得安靜不要多嘴，我送貨前跟自己說。

「喂，三月十四號你店有開嗎？」「有啊。」我一家一家問，每一家都這樣回。三月十四怎可能不開，白色情人節耶，還有特製套餐，情人節套餐直接挪用，把最後甜點的巧克力換成白色巧克力。

那天三月十四號，第一次臺北米其林評鑑的公開日。

幾家有得星的，說好三月十四號會開店，卻同時在前一天說設備壞了，店休一天。這種謊話像是白色巧克力等於巧克力一樣，白色巧克力只是牛奶加可可粉，沒有苦澀算什麼巧克力。設備壞了，是三月十四日當天得獎後，電話被打壞了。

我忍不住把自己送貨的店家問過一輪，不在臺北米其林評鑑範圍的主廚偷問我有沒有八卦，甚至與廚師們排起哪家一定會中，把心裡想的一星二星三星排出來，我們互相打槍說哪家不行、哪家難吃。哪家好吃，哪家值得有星，每個人都說的不一樣，但隨時都可以酸對方店家幾句。

我酸的方法不會說難吃，我會說哪家叫貨很煩，哪家主廚很囉嗦，不會得星，開店跟做人一樣。

沒那麼安靜，失言也不自知。問了諾亞三月十四號要幹嘛？他說禮拜三沒做，問我要幹嘛？我回沒事。我以為他穩得星了。「沒得啦。不多聊，我要去看新店的裝潢了。」他說。我覺得他謙虛才這麼說。後來有得星的也都說自己沒得。

他無暇管米其林吧，我想。諾亞的新店比舊店規模大了三倍，容客數約一百人，我跟他算過需要的廚師是舊店的三倍量，像舊店一樣每天客滿，還管什麼米其林，賺錢賺飽沒煩惱。諾亞三月十四休假，我先訂好花束，寫上「米其林倫胎讓你長長久久」。輪胎刻意寫上我的倫，不好笑的諧音梗求讓諾亞記住我的祝賀。我設想的不只是他的店能得米其林而已，更想要他新店的食材生意。店在三月底開，到時還要再送幾盆花祝賀。

隔沒幾天，他問我有沒有認識的餐飲人要加入他們的團隊，他忙得連聊個幾句都沒時間。時間越靠近評鑑開獎，主廚越不敢問我其他餐廳有沒有得獎的八卦，自己有得星的也不敢說，保密原則嘛。我也怕一問我那些預先猜測的店家（還跟每間店家說一定會有你們）猜測失準，又要多安慰人，甚至裝著大罵評審沒眼光。

三月十四號當天，早上十一點送完貨，十二點半傳Line給幾個主廚，問他們在幹嘛，每個都已讀不回。一點，打開ＦＢ觀看米其林評鑑的直播，賣輪胎的粉專平常才沒有這樣的關注度，直播千百個人看。鏡頭定在講臺，我看著螢幕下方主廚的背影，幾個我看過，怎樣都找不到諾亞的背影。將直播截圖，把認識的主廚背影圈起來，傳去那些主廚的 Line，道聲恭喜，「不管結果如何，你都是我心目中的三星。」預先寫好這句話，等待得星時傳過去。不管有沒有得星的，臺北的米其林評鑑，我配送的臺中、屏東、高雄、宜蘭的廚師也都收到這句話。

公布一星，我見到了我送貨的店家上臺，可愛的胖胖主廚與甜點主廚上臺領米其林小紅書，看得出興奮又有點失望，「我以為你會得二星耶。」後來我跟胖胖主廚說。米其林娃娃在他身旁，他顯瘦。一家一家公布，下排的主廚一個個上去領獎，沒有諾亞。

「不管結果如何，你都是我心目中的三星。」我傳了兩次給諾亞。

他回傳哭哭的貼圖，我回沒事吧？

先忙，監工。他回。

那天之後，我跟諾亞不聊米其林。

他會說軟哥學長的路很值得學。

「軟哥才不想得什麼米其林。賺錢才是最重要的。」諾亞說。

聽他副廚僑仔說諾亞其實很難過。

「拜託，米其林算什麼，你們義大利菜要紅蝦。」我回他的員工，這句話打成文字回傳給諾亞，已讀不回。一兩個月後，諾亞的新店開了，原本在三月十四號要送給諾亞的滿天星花束轉送給得星的胖胖主廚了（他一次收兩束花，禮多人不怪）。重新送一盆招財樹給諾亞，祝他荷包滿滿，忘記落榜的痛。

他的新店每天客滿，粉絲專頁每日更新，總算有專屬的電子信箱。隔年，我問他有收到米其林的郵件嗎？他又說外國人來吃飯，跟外場要粉絲專頁與信箱的事情。這次，他開始擔心米其林密探會不會把他誤認成另一家店，他開始擔心新店的菜色偏向餐酒，而非Fine dining，他想把沒營業也還沒退租的舊店轉做Fine dining。諾亞問了好多人這樣可不可行，這些人又轉回問我的意見，我說可以啊，但他沒有人手吧。新店的人力擴充三倍，怎拉得出人來做。

「Fine dining是夢想啊。」他說。米其林、紅蝦評鑑是夢想嗎？我以為賺大錢才是。

他問我這些米其林餐廳的重點是什麼？他自問自答說在地風土呀、臺灣呀、Fusion呀。我說初心，他笑回說你江振誠，還八角哲學咧。新店的行政業務忙得他很少去廚房，常有採訪問他對米其林的想法，他總回沒有想法耶，太忙了。忙到要看他只有在臉書的粉絲專頁出現，個人的臉書只有舊日的家庭照。又一年，得獎落空。

「米其林靠這家了。」我送花訂位恭賀他老店新開，專為高階顧客做套餐時，他跟我說。但內外場只有四個工作人員的Fine dining要如何Fine。人手不足，諾亞進內場幫忙，卻跟不上出餐節奏，默默地走回辦公室，算起食材成本，問我貨能便宜一點嗎？

「能。」有感情了，那句「一分錢一分貨」，卻說不出口。

後來，他不再問我食材與餐點的意見，因為餐廳的成本考量將我交付的食材換成品質低一階。我可以理解大間餐廳不好做，人力、食材成本、店租水電都有差，我為他壓低利潤，與沒聽過的廠商相互比價，一公斤一兩百元的食材得比到低個五元十元。甚至改為競標制，猜測最低標，猜測久了感情都變成金錢計算。

一切都變成生意，收錢付錢。生意不用與諾亞多談，什麼都找會計採購就好。

也曾想說與他的副廚們關係很好，一定不會被換。他們都是好人呀，我們甚至會聊育兒經、股票經，偶爾說說業界的八卦。只是交情也能秤斤論兩，生意歸生意，交情歸交情，這我懂。

送他的招財樹長得茂盛，反而對我是種諷刺。

沒得紅蝦，沒得米其林，有差嗎？疫情開始，疫情解封，有米其林認證的店家每日客滿，諾亞的新店過了新鮮期，生意緊張了些。

「好想得米其林喔，紅蝦沒差了。」他站在店的二樓用來抽菸的陽臺對我說。

想得的還是旁人的肯定嗎？我沒有問。訂位的電話很久沒占線了吧，我想。

「諾亞哥走啊，下來煮菜，我想吃煙花女。」我回。

他看著一樓滿滿的垃圾子車，他對無線電的那頭說垃圾子車壓一下。我跟他下樓，他往外場走，與熟客交際，進了廚房，他炒了盤煙花女義大利麵，味道很重很重。他的外場向我介紹起這盤麵（其實不用介紹，我聽過很多遍了），「煙花女義大利麵，酸豆、橄欖、乾辣椒、鯷魚、澎湖小卷，叫做Puttanesca，煙花女是風塵女子的意思……」說了一陣子，巴在麵上的醬汁些許乾了，我拌了一下，諾亞出來拿了杯紅茶，我從臺北回臺中時，總會將自己的水壺倒滿他家的紅茶。我喝，我吃，他問好吃嗎？我嘴巴還有醬汁，比讚。

「下次再煮給你吃。」那口氣像是把我當成孫子。

幾個月後，二〇二一的大疫封城，三月沒有人問米其林何時公布，連我都忘了，八月中一則米其林的直播訊息，我打好「不管結果如何，你都是我心目中的三星。」的訊息，又傳給所有的主廚。

「不管有沒有米其林，疫情還是得吃便當。幫忙宣傳一下。」諾亞哥傳來幾張便當的照片，我知道那是群組發訊，我會歸在哪個群組呢。舒肥雞胸、櫻桃鴨胸、直火牛肉，那些菜色沒我的戲，我沒有宣傳。只有淡淡地問他跟軟哥學的喔，他回了個「……」的貼圖。又傳我哪要學他，便沒再傳便當照片過來。

那年軟哥的餐廳得了推薦。我傳了新聞截圖給諾亞。

「知道啦，早就知道了。」

我正想要怎麼回。

「哈哈。我們店端午節有包粽子，你要不要？」他繼續說。

我想他一定是看了軟哥的餐廳粉專，那則恭賀自己餐廳得推薦的貼文，最下方幾行字是米其林餐廳粽子熱賣中。我想他沒想到自己是義大利餐廳，包起臺灣北部粽有點奇怪吧。

主廚記憶中的味道。諾亞這麼宣傳。

中秋節做月餅，過年做牛軋糖，逢年過節我都訂一些。我訂單過去，才跟諾亞聊幾句，問他Fine dining還要做嗎？他回「哈哈」。「有沒有什麼要幫忙的？」我說。「貨算便宜一點啦。」他回。

兩人真的不再多說，從食品工廠出貨的牛軋糖貨到付款，包裝掛了張賀年卡寫新年快樂，那筆跡是列印上去，毫無感情。後來解封了，諾亞的店仍有做外帶的便當，粉專上是他做便當的表情嚴肅，但真的有進去煮便當嗎？是否還忙著行政與比價呢？當年，口口聲聲說烹飪是志業，用舌尖知味風土的他，如今的菜看不到當年的他，也見不到他現在的模樣。「這樣怎麼得米其林。」我好想跟他說，他還很在意有沒有得星，但他不再叫我的貨，我也沒有機會再吃那盤煙花女義大利麵。

評鑑之前

「換新換新才不會被人看輕。」夫夫找來油漆工粉刷，蓋掉剛開店時自己粉刷的顏色。店開不到一年，他從國外回來也不到一年。將原本鵝黃色粉刷成深藍色，店變深沉了些。店內放的音樂從千禧年代的西洋流行樂變成Jazz，聲音轉得更小更剛好。

他與油漆工人對話都是用臺語，對我則是臺語和國語交雜。夫夫是海歸派，是本土廚師口中的海龜，而且是純純淨淨沒在臺灣就業過的海龜。

「這種海龜吼，家裡有錢，連臺灣都沒待過，在海外米其林繞一圈就變大廚了。我最看不起這種，講話還洋腔洋調。」有些主廚知道我有送夫夫的店時，常多幾句嘲諷。

多幾句這樣的批評也不代表自己比較厲害。

「海歸有沒有比較厲害，我不知道，但海龜是回來產卵的。」我說。夫夫是疫情回來的，不是二〇一五年拓荒的那一批，何順凱、蕭淳元、林凱維這批二〇一五年前後海歸的學長都已得到他們應有的成就。「學長都很優秀，我得多學習啦。」夫夫這樣說，只是一旁看戲的廚師們瞧不起像夫夫這樣的人，因為他一畢業便出國了。

他講話沒有海外腔調，臺語還比我溜。剛開店時，菜單都學海外的那些店。後來做個一季，換成臺語的菜名，放他喜歡的音樂，當成自己的風格。這次又要變，菜單沒有英文也沒有臺語，而是誰都看得懂的寫法。

如今，開店一年音樂換新了，心也換了。

本來我覺得很好，好在送貨時不用聽他在廚房肉臺前唱 Lady gaga，邊走邊嘎嘎烏拉拉，或是在那 Call me maybe。那是他的風格，真夠俗氣不躲藏的風格。

要改啦，這句話不用我說，超多人說的。店裡要改的事情很多，唯獨食物不太需要改。

他知道要改，太多事情了，連他自己這個人也得改。店是一個人的品味映照，客人、老闆都是。夫夫剛開店時，油漆不勻，音響不好，這些都不太會被客人發現。我叫他去看看諾亞的店，他有去，直說餐具品質很好，餐卻不評論。「學學人家呀。」我說，他回說沒錢。

直到有一天，熟客笑說他的盤子是IKEA的，跟熟客家裡一模一樣。餐飲業的都市傳說：當客人的人均消費到五百時，客人開始挑東挑西，最常抱怨外場服務，再來是座椅、冷氣、水的味道，百分之十五的人會看盤子。IKEA的餐具不是不能出現，是只能出現在兒童餐具上。其實，不是IKEA的餐具不好，而是大家想像一個家時，都超常去逛IKEA，情侶沒事建構家庭夢時IKEA，大學生不上課時IKEA，家庭客人無聊也是IKEA。當大家都知道每季IKEA餐具的顏色、樣貌，當餐廳用的是好幾季前的模板餐具，不那麼新鮮也不那麼的高貴。無聊想挑毛病的客人說完桌距太窄，隔壁的客人好吵時，將沒有食物的盤子一翻，IKEA，一組盤子七八百怎對得起這個餐價。我不是要說IKEA不好，而是在餐廳發現用自己家裡常見的東西，便少了一種儀式感。

家中的儀式感是熟悉的習慣，出外用餐的儀式感如同久來的祭典，需要陌生的新鮮感。

西洋流行樂一點都不陌生，俗氣耶。他們不知道夫夫更愛的是八〇年代的臺語歌。

夫夫的餐廳又不是懷古餐廳，也不是專注於某國料理的餐廳，如果他是港式飲茶，大可整天放皇后大道東，印度菜就寶萊塢。可是，夫夫的餐廳是Fusion，義菜混臺菜。最安全的音樂不外乎就是Jazz或古典了。我跟他說要放你愛聽的，拜託你去做漢堡。

「夫夫's Fridays。」我都幫他取好店名了。

生意好他沒差，繼續放那些音樂，但他生意不好，開始思考細節哪裡有錯。

他有自己想要的目標，出國回來是想得到專屬於臺灣的星星。好多廚師都想得到星星，有些會說不想得，拜託，得獎這種事都是嘴巴說不在意，身體很誠實。夫夫直講，錯過了第一年得獎的機會。他暗訪那些得獎的餐廳，他沒有錢在天花板裝上美麗的金屬翅膀，也沒有錢找櫸木櫃臺，那得花太多了。先從小樣的改，丟了桌椅（依舊是IKEA）、改了油漆色澤，能讓客人看到咖啡機換成更好的牌子。

他問過來他店裡的熟人，他也問我最不喜歡哪種桌子，我說桌面直角會有點刮人的那種不要，我與那位熟人都說該丟的是那組便宜木桌。

「不要以為鋪上桌巾，就能掩蓋窮酸感。」我說，我好想叫他去找B哥或軟哥，我問他要不要加入我認識的主廚群組，他說不要，他還稱不上那個地位，也不好意思問。我看過他跟其他主廚講話，不是操著臺語，而是換上了留洋口音，幾句you know I mean，聽幾次我笑幾遍。

「知未？餐廳無獨獨煮食。品味一定愛有。」我對他說，他點頭。

他筆記。

「寒酸就是寒酸樣。」這句話，我要摳時太太會說，原封不動直接送給夫夫。

他知道要改的是寒酸樣。

因為上次他與伴侶分手，是被嫌品味不好又摳。

要怎麼趕在評鑑之前，改造他的店。

錢錢能解決一切的事。要夫夫掏錢才是最難的事。

這點跟外界看他完全不同，他是個背負一屁股債的海歸派。

「我快沒錢待在國外了。沒想到回國開店也得花這麼多錢。」他笑。我笑他白痴，夫夫以前待的海外餐廳一家比一家豪奢，怎會不知道這些事情。「我以為手藝就可以——」

「白痴，你以為臺灣還在八〇年代嗎？誰跟你只吃廚藝啦。」我回。這些他都知道。我們都知道臺灣有多少陶藝瓷藝家，捧在手心的杯盤碗，重量溫度確實跟大量工廠化的不同。價格貴死，夫夫也不考慮，我說那是種投資，他說屁咧，摔破等於下市。他還寧願用一樣價格買幾十個便宜貨（這點倒是很臺灣）。他幻想評鑑在即，陶藝家也不會接這種案子。不是會不會接，而是你給不給錢。

我給他更好的選擇，打開淘寶網，教他幾個關鍵字，陶盤、磨砂與顏色，他選到不能再選，在人民幣幾毛間比價，瞎耗了好幾晚。我沒笑他這樣很摳，因為我也是這樣的人。

陶藝家的陶盤杯碗，買滿整店要多少錢，夫夫買了許多淘寶貨，且拿起以前留洋的店家瓷盤一同對照，說這些一模一樣只需十分之一的價格，甚至跨海運費與包裝外層的木箱都比杯碗還貴。他叫我不要跟別人說這個祕密，但這有什麼不好說的。我好想跟他說某某店請了貴森森的設計師裝潢，乾脆在X寶上，以圖搜尋那些桌椅那些燈，一模一樣賣十分之一的價格，餐具也是。

「倫，我不是不在乎質感喔，也不是不愛用國貨。快評鑑了，你懂啦。重點是料理，料理也得找相符的餐具呀。」他點開自己最愛的陶藝家，說他自己的料理與這個不搭。

我也是笑笑。

夫夫連燈、連桌椅也一同更換。他所謂的改造還是由自己淘寶而來，畢竟他聽了我說起設計師的八卦，但我也有跟他說整體氛圍還是交給專業的來。他認為自己是專業，省的錢是專業。整修的工期縮短，店換了個風貌，如同複製貼上某些得星的小店，他沒有遷址，要不然我還以為他頂讓那間小店。

問他改裝完要不要送花圈，他說不用。

問他要不要一尾祝鯛，祝賀開幕的鯛魚，他說少在那。

他對什麼都摳，連別人送他禮物也摳，畢竟害怕回禮。

「我的菜要符合這家店的氣質。」他說，沒說的是更符合他想像中得星的口味。他記得自己的菜色，但他店面的模樣已變成某種樣板。菜變了，變了很像別人的菜。我很少對廚師的菜色有什麼指教，除非在開菜單時有問我如何搭配，夫夫不會問。我往往是看到食評家的照片，才會發現這些菜我好像在哪裡看過孿生兄弟。如果是名店廚師的菜色，我可以當成致敬；如果是同輩廚師的菜色，我可以當成相互學習；那如果是模仿晚輩的菜色呢？當成超越。我試著將夫夫的這些菜色合理化，但怎樣都是抄襲。

廚師的菜是種創作，但沒有著作權。甚至把菜量減少一些（幾克之差），都可以自我安慰為一種創新。

這我也是笑笑。

自我抄襲，那是經典重現，我管不著。

夫夫對自己的改變十分滿意，甚至覺得能追回以前的女友，改變一間店也改變了他。我卻對他的改變感到不解，仿冒的品味差了一些，不只差了一些。明眼人都看得出來，對，有改變，變得太過專注某些目標了。到底哪個環節出錯了，我是不是該跟他明講呢？會不會是叫他買淘寶貨時，讓他整個人變了（那麼簡單？），或是不斷跟他說得星主廚的生意讓他眼紅了呢？當我有點自責時，我跟自己講你才沒那麼重要呢。

我懷念起他俗濫且不更新的流行樂，而不是spotify的爵士歌單不斷連放。我以為給他便宜瓷盤的捷徑，他會找出自己獨特的風格，那曾經洗鍊海外的風格，或是更像是他的臺語氣口，卻，什麼都沒有。菜名毫無特色，不知道吃起來是不是。

這海歸派回歸成很世俗的模樣。

人需要個Title證明自己，還是自己可以證明Title？這沒人能解，這兩者卻有高低，我一點都不覺得追逐獎項是壞事，做得要死總得有人誇獎吧。各種迷失都有道理，誰知道夫夫會不會一改便得獎呢？不過，他怎會知道何時評鑑何人來店裡是密探，我問夫夫，他卻回用經驗法則猜的。但他一點都不準，當他店面裝潢好第一次試菜，還沒準備重新開張，我便聽到有人收到米其林的Mail了。我不跟他說今年他沒希望了，只想讓他好好地改，改得好好。至於得星得獎什麼的，明年吧，還得叫他花一點錢請人來吃，做點公關，做個模樣，時時都保持在評鑑的模樣。

我要不要告訴他今年無望，算了，等到公布後再說再安慰也無妨。

夢要用錢來換

夢要用錢來換。

Edge說要離職也一兩年，現在還站在肉臺鐵板區，翻烤煎煮。我問他英文學好了沒？他回我Hey, Fishman. It's ok，我想這沒學好吧。他卻說北歐人英文很差啦。北歐的無薪實習有寄信申請嗎？他搖頭。他現在所待的餐廳與他的夢想差很遠。百貨公司的小櫃位咖啡廳供給輕食，廚房內只能容納兩個人，多一個人進廚房，連開冰箱都有困難，廚房水槽比廁所的洗手臺還小。他曾驕傲地說他出身某某法餐，做到副主廚，來這裡接主廚大材小用。

咖啡廳的午餐輕食，久久換一次菜單，老闆打上某某米其林星級法餐主廚，季季換菜單當成噱頭，也沒提及Edge的名字。當然，米其林星級這句話也只是噱頭，在米其林評鑑還沒來臺灣時，大概會提藍帶廚藝學院吧。

「錢錢真香。」我笑他。咖啡廳的早午餐，不用想要得到米其林星星。

他說他的夢想不單是幾顆星或亞洲前幾名，想要走的是自己的路。

Edge第一套菜單出爌肉飯，沒有解構過的爌肉飯，不算潮便沒人贊成他的意見，他低沉地說我的菜是要Coffee pairing。老闆笑著打他槍。把爌肉留著夾起關係企業做的生吐司，「那不就是三明治嗎？」我說。他妥協這些，卻在一口沙拉上堅持，火焰菜怎樣也不能換，白蝦尺寸不能調。聽他說他老闆氣壞了，說這樣賺不了太多，說哪有沙拉的成本比主餐高。

「他想把店當便利商店可以啊，吃美生菜等於吃草。不跟我妥協我就不幹。」Edge說。我跟他老闆一樣，想不透為什麼主餐可以妥協，沙拉不行。

第一套菜單照相的那天，送貨的我在冷凍庫裡，冷凍庫小到我得把飲料用的冰塊分開，才能把特大的蝦放好。聽外頭相機快門不斷地響，生吐司上夾的肉已換成燒肉。那塊大份量外露的燒肉，由Edge之手正名為直火炭烤Choice級牛肉 mix 生吐司。

「肉蛋土司？」送完貨要走的我問他。

「早餐嘛。老闆說接下來要做Breakfast、Linner，會給我更大的空間啦。」

Linner是午晚餐。

這不就代表本店不做正餐嗎？我心想卻沒說。

沙拉沒換，食用花、火焰菜、紫馬鈴薯。老闆妥協，因為沙拉顏色繽紛，網美照相好看。

沙拉永不更換，換季時偶爾換換配色，味道大同小異。

只有第一套菜單的照片，照片中間是主餐。後來，照相主位都是小碗沙拉，甚至主餐變成大碗沙拉，小小吐司。「我從沒想過我的菜會變成這樣。」他說。空班時，他常躲在百貨公司建築的背面，沒有LED燈粒晚上不會閃亮的背面，沒有陽光，只有怕人跳樓裝上防墜網與滿地菸蒂的背面。

他菸灰彈在空中，落在地面都冷了。

「哪樣？」我問。他敲敲菸盒，跳出兩根菸拉出一根，問我要不要抽。我們都認識多久了，他不知道我不抽菸嗎？給Edge個白眼，他說：「破戒一下啦。煩耶，沒事生意這麼好要死喔。」生意好，分紅多，想走卻又不想走。

Edge之前待的餐廳，一間廚房兩店共用。前老闆B哥野心很大，要Fine也要Casual dining，兩家店比鄰而居共用一家廚房，生意大好的店是casual dining。他待在精緻的那邊，每晚刷起煎臺，都是另一家店煎到焦壞的漢堡碎屑。一天客人一兩組的精緻餐廳怎麼做得下去，靠另一間店養。前老闆說本業是法餐，兼的是法式餐酒。沒人想到生意好壞差那麼多，Edge也沒想到掛個法餐副主廚，還得去法式餐酒館幫忙炸薯條。

「共體時艱嘛。」那時的他說。

兩間店一間廚房。確實共體，卻撐不過時間，三個月後精緻的法料餐廳貼上大朵大朵的金花，又是一間餐酒館，中式菜餚，西餐主廚。「主廚不是我。」Edge

說，他沒升等，還是副主廚，還得晃起炒鍋，共體時艱。

他沒有等時間，時間也沒有等他。

他一走，前東家得到名家的推薦。

投履歷時掛上Casual dining的副主廚稱號，應徵咖啡廳的主廚，也算升等，還受前東家的庇蔭，像是遊戲的勳章，能力得到加成。

夢想的RPG遊戲，必須課金。

要課金，先得存錢。

如果夢想在歐洲，得存很多很多。

雖然他跟我說從B哥離職是不想拿炒鍋，不想違背自己法餐的路。跳槽到百貨公司的貴婦咖啡店，早午餐專賣，還是法餐的路？他接下來想去哪？我問。他說北歐某個小島的餐廳，打開餐廳的網頁，魚肉下方沒有醬汁、牛肉煎烙沒有配菜，盤子統一顏色，菜色毫無巧妙。他說起這家餐廳多好多好，沒有說這家餐廳得過什麼殊榮，一查，什麼都沒有。小島連車子都少，更何況還要米其林密探跑過去吃呢？在什麼都沒有得的餐廳自費實習，真像是個夢想，最好是個夢想。

希望Edge能醒，不要做夢，希望他能醒。換家有星有盤有名次的餐廳，學成歸國便能開間立刻就有媒體採訪暴紅的餐廳。

他卻笑我，笑我不懂。他說他押的是長期，他看遍所有北歐餐廳的Instagram，這家最潮，這家只用當天捕撈上岸的魚（誰信？）與在地食材。

「這家一定得星。」說這句話的他，帶著臺灣人望子成龍的眼神。

很潮的餐廳不是法餐。他的夢不是原初想走的法餐。

夢想需要迎合潮流，潮流會讓大眾些許不懂，卻又能理解。有點奇幻卻還有北歐可以作為參考，旅途還要有點遠（轉機再轉機），才有故事能說。夢想需要生意很好的咖啡廳，需要很多網紅網美與想要變成網紅網美的人拍照打卡留下評論，就算是餐點只吃一口都沒有關係，分紅才是實際。

重點是Edge的食物得做得美美，拍照才能美美。

「破戒一下啦，幫我上傳臉書，google評論五星。你那麼會寫，寫多一點。你點餐，我多送你一塊肉。」Edge叫我破戒，破的是我不會在臉書宣傳我自己交貨的餐廳這條戒律。我破戒，他多送我一塊肉。他破戒，破的是當初堅持不想搞網紅店的堅持，他破戒，說不想違背自己的路，卻走上老闆指定的路。

「你對老闆很貼心啊。」我安慰他。同業對他的評語讓他受傷，說他沒有廚師的風骨、菜譁眾取寵。我不能跟他說這些都是嫉妒，因為那些同業也是我的客戶。

「業績是最強硬的保護殼，對吧？」他問我，我點頭，畢竟我送貨仔根本沒什麼夢想。

沒人隨時把營收放在嘴邊。我以食材的量推估一家店業績，廚師同業則是看貼文的讚，或是點入訂位系統看每日空位。早午餐沒有位置，只剩飲料能外帶，連排隊都能拍照打卡，像是吃過一樣。Edge做出最潮的店，卻只有介紹餐廳與公司老闆的採訪，菜圖放得很大，沒有主廚的臉。我刻意買那期的雜誌，他邊看邊唸，菜不要這樣拍照那麼近，肉都像屍體肉塊，絲毫不在意自己沒有版面。

他刻意不要版面。他不當網紅廚師，就算一期雜誌的影響力跟電線桿上的房仲廣告差不多沒用。

但也不是不想有版面。同業批評他，空有技藝卻自甘墮落。「每個人都在賺錢，我就墮落？」他問我。我才知道他沒把出國實習掛嘴邊。熟識的人卻嘲笑他，不切實際，好好做能去飯店混到行政主廚做一輩子。

「做不到人人滿意，努力做到人人妒忌。」Edge說完，我才知道他說不在意都是騙人的。他不單要有錢，金錢是夢想壯大的養分。

他的夢想如果成熟，會從餐廳主廚變成看得到卻吃不到的全民主廚。得星星只是這條路的休息站。那些惡言都是車前的小蟲。說這麼多，還待在小小的廚房沒去做也沒用。首先，還是得辭職，訂好機票，在陌生的國度裡學陌生的菜色，同時準備一套陌生的哲學，會慢慢長大。這套主廚養成計畫，不分國度不分年齡同樣適用。Edge曾問我有沒有夢想，我說過我年輕時的夢想是去國外讀書，又是一套外國月亮比較圓的養成計畫。「有沒有去？」他問。

「哪有時間去，有去還在這裡陪你在抽油煙機下抽菸咧。」我自己一年兩次的海外旅遊，怎麼看都覺得外國的月亮沒比較圓。他老闆一年四五次出國，Edge想去的小島餐廳，老闆先去一趟，回來就把照片印下來護貝貼在廚房，跟Edge說那些食物的口感多麼一般，卻要複製貼上。要成為臺灣的北歐小島餐廳，還得比遠方的菜還更好吃。沙拉如花園，肉為純粹，湯是獨一色的單純。

Edge還沒去那家餐廳，先得模仿他沒吃過的味道。

「北歐眾神嚮往的純粹味道」——下一季菜單的slogan，聽起來俗氣又非常有用。餐廳的社群網站，放滿這季菜色的照片，贊助再贊助，廣告再廣告，三四天就十幾萬流量，從臺灣紅到簡體字、阿拉伯文，卻有好幾個怒，按怒的人手插胸前，背景是北歐灰藍色的海。點入那人的專頁，經歷是小島餐廳的Chef。

夢沒有固定在那，沉入更深的海。我想跟Edge說這句，但太過文青。將怒與按怒的人截圖，傳給Edge跟他說好險他沒上媒體。

訂位數滿滿，但那季菜單並沒成功，Edge將他想像的北歐放到菜裡頭，菜如其想，些微不準確，使得餐盤上的菜餚變成廚餘。一兩個客人留下剩菜還可以說網美為了拍照狗屎也能吃。太多廚餘便讓廚師自我否定，否定才華，哪來那麼多網美，懷疑自己菸癮影響味蕾，甚至大喊水逆快過。老闆不會在意這些，只在意金錢。Edge直說不好吃不如不做，他模仿的菜只會讓人按怒，下一季的菜單他又回到臺灣味與法餐的Fusion。

初心。下一季菜單的名字。

他又做一次爌肉飯，真的有飯，沒被打槍。

北歐小島的主廚看到照片，按笑臉。

餐廳訂位爆滿，空的餐盤配上醬汁殘餘成美麗的畫。

他跟我說他做到這季完，多虧那套模仿的菜單，他得以私訊北歐小島的主廚。

我問他聊什麼，他說用蹩腳的當地語言一起罵遠方臺灣的咖啡廳，因為是Edge煮的，他知道難吃在哪。人很奇妙，有個相同目標一起罵，總熟得比較快。他寄履歷過去，沒幾天就通過。

一年的無薪實習，只包餐宿。

Edge寄什麼菜譜給北歐小島餐廳呢？咖啡廳的第一季菜單與改良版的爌肉飯。

離職之後，與Edge沒了聯繫。他的社群網站傳上行李箱與沒錢存簿的照片，一個月後是北歐灰藍的海（跟主廚的照片背景一模一樣），又一個月後，北歐餐廳上了他的一道菜，長得跟咖啡廳模仿的菜八十七趴像。

「什麼時候要送貨過來？」他私訊過來，抱怨他的夢想之地食材多麼貧瘠。

「北歐很遠耶。」我回。

「不遠啦，你肯過來就不遠。」

我回傳笑臉。

在排油煙管旁，我與接任Edge職位的廚師，看菸灰從高處落下，依舊能聞到Edge的爌肉香。那一套沒成功的菜單，只因臺灣有機米比較貴就否決的菜單，跟現在咖啡廳的菜一樣嗎？

不一樣。

北歐小島餐廳還沒得星，還沒爆紅。全島只有他一個黃皮膚，這Asian熬到何時誰知道呢？那裡沒什麼車，沒什麼人，船來船往，最好的交通工具是走在礫石路上，最好的廠商是路邊的攤販或自己捕撈。

食材當然貧瘠，抱怨歸抱怨，但夜晚有超多的星星。

Edge打算成為餐飲界的光害，遮住所有的暗。所以，有沒有星星根本沒差。

他的夢像他現在的菜，一塊肉沒有醬汁。純粹，直接，不一樣。學成之後，夢還會一樣嗎？不一樣，他的夢得用錢來換。

標準路徑

如果你要在高度分工的Fine dining廚房工作，我的建議是首先你得找幾個偶像，當主廚面試你時，得先看過這些主廚的菜跟哪些已是偶像的人物相似。我聽過的答案千奇百怪，有人回他偶像是型男大主廚的阿基師，有人回地獄廚神高登，還有人回過動漫中華一番的小當家（只差沒有把特級廚師的徽章顯露出來）。這些答案很幽默，但也得看面試的廚師喜不喜歡。最安全的方法便是找出這家餐廳的主廚出身於哪家餐廳、哪間學校。西餐廚房有高餐體系，也有非相關科系從學徒幹起；不僅如此，主廚有沒有留外，也變成重點。

這類問題不只是面試的時候會被問，當學徒功成名就變成大廚時也會被問。大廚會被問如何定義你的菜？有沒有師承於誰？甚至會把主廚的職業生涯全部挖出，刻意詢問對其他餐廳的想法，「有沒有吃過某餐廳，感想如何？」這簡單的問題，回答起來得特別小心。回好吃，記者會問怎樣好吃。如果不好吃，想回有趣也會直接寫出來。就算主廚現在煮的菜與以往都毫無關聯，卻還是得牽扯人情世故。

「你的偶像是誰？」

答案務必先準備好，最安全的答案是前輩們都影響著我，但我做我自己的菜。寫作時，我也被問過我的偶像是誰？我老實說我書讀得不多，我喜愛的作家更少，要我說出偶像，必然會遇到我的書寫與偶像的對比，我必須坦承我沒有寫作上的偶像，因為看到比我好的寫作者，我只會自卑且同時思考如何超越。

文人相輕，廚師亦然。

在我剛進入西餐魚販這業界時，我最想送的餐廳跟新手廚師最想就職的餐廳一模一樣，臺中是樂沐跟鹽之華，而臺北是那時剛開幕的RAW與侯布雄。那時，甚至有個笑話是廚師不去樂沐過水，怎可以入高級餐廳的廚房，所謂完美的履歷不就是將知名餐廳走過一遍，再回到一家比較小的餐廳，讓履歷價值通膨。身為西餐魚販也是，當年剛創業的我送過幾次樂沐，比較固定交貨的則是態芮、英雄餐廳、AKAME，但虛榮的我總是在推銷自己的魚貨時說我交過亞洲五十大的樂沐喔。剛入業界不知丟臉，待了好幾年西餐魚販業界之後，才發現米其林魚販呀、亞洲五十大餐廳魚販的自帶頭銜，就像是廚師履歷上一家家的餐廳名字一樣，只是過水而已。

當胖胖跟我提及我送的餐廳裡有他的女神，我說陳嵐舒？他說對。

「阿倫你去過樂沐的貨梯吧？」

「有呀，還跟陳嵐舒一起坐同一班電梯。」

「香香的吼？」

不，我沒聞到香味，只聞到冷凍小捲外箱的腥味。胖胖曾經為了學藝進入各家餐廳，各家餐廳像他的技能樹，把技能一格一格打開，那些技能是否熟練並不知道。

「十幾條履歷擺在眼前，每月薪水多拿兩千。」他說。

胖胖廚藝確實不錯，我跟他都知道他的菜是東拼西湊的致敬品。廚師這行業很難說抄襲，只能說致敬，不能說剽竊，只能說創意雷同。就算是抄襲或是剽竊又如何，能告人嗎？只會在某些人口中變成笑柄，但告不成人，圈子很小，不用一季，甚至沒有一天會有人記得。或許有食客會說這菜跟誰有點像，安全的回答是喔喔喔那人我熟呀，你看我有他的Line，軟哥介紹認識的。

我問B哥餐廳的副廚修修誰是他的偶像？我以為他會說老闆B哥。

他卻說自己。他說完自己後，便說自己要去哪國學藝，聽他講這想法時，我知道他會一直待在業界，甚至努力地向頂端爬去。為什麼？因為這是一條標準路徑，待過幾間國內的知名廚房，往國外星級餐廳不支薪實習，能不支薪實習代表自己存款要有，將國外履歷掛在胸前，就算在國外餐廳只是個切蔥的，也比在臺灣當副廚香。如果在國外受到重用，一定要大聲地說，不要害羞，當回來臺灣開店時，最好能找當時的夥伴或是主廚開個餐會，證明自己是個角色。

我也跟胖胖講了這條路徑，他大笑說他知道呀。

「那你要當個角色而已？還是要當個偶像？像江振誠？或像陳嵐舒？」

他想了很久，卻回說還沒想到那裡去。

「要先減肥吧。」他自嘲，但當偶像廚師確實得考慮外表。

幾年過去了，他沒有成為偶像，但仍然是個角色。廚師去海外過水的標準路徑被走寬被走爛，履歷通膨泡沫仍在，卻更得用扎實功力來證明實力。幾家號稱待過某某名店的餐廳開了又倒，有時只是機運不好，有時只是這條路徑走得太過相同。

做自己的菜或做自己的文學，這說法都蠻浮濫且老派的。

反過來看那些倖存下來的餐廳與其海歸的主廚（相信我，餐廳能開個一年已是幸運，能開三年已是倖存，五年以上叫做強者），他們擁有的不單是將自己視為偶像，更多的是不斷回顧自己以往的人生與那些好師傅與壞師傅們，吸取（抄襲X）挪用（剽竊X）創新（欺師滅祖X）這些都必要，最重要的是把自己獨特之處與他人共通之處相互融合。

當我想到這點時，我才發現身為作家的我說起我沒有什麼偶像，真是大失言。如今，我回答說偶像很多，但我舉不出一個可以完完整整影響我的人。魚販的我職涯路徑並不標準，作家的我職涯路徑更是奇怪，路小卻比想像中平了些；我也看過那些標準路徑，但都太多人走了，路寬了沒錯，但路面卻更多泥濘。要在窄路被荊棘刺傷或是要在寬路裡泥濘打滾，都沒有差。我們都是一群過水仔，蹚過各色渾水，才是現在這個模樣。

Be a man

做個餐飲人，最重要的是要像哪樣的人。

Be a man，這句話超性別的。把餐廳從業人員的性別比例攤開來看，男女各有一半，數量上平等。將內外場分開來看，內場的女性與外場的男性都少之又少。廚房多了女性或外場多了男性，並不會讓我多麼好奇。外場男子比較嬌柔，問他們為什麼要做外場，要不薪水不錯，要不想自己開家咖啡廳或早午餐，我這個送貨仔很少外場交流，講一兩句便沒有話題。我對內場女子的分類，簡單粗暴。

「你看Ann怎可能喜歡男的？」單身的阿傑說。

「做內場那麼久了，gay達隨時打開，阿倫你知道怎麼分嗎？」僑仔說，他跟我說了許多細節，但束胸聲音低沉，這不就超容易看。

「是與人的距離。」阿傑說。

阿傑說的是與Ann講幹話的距離，我聽過他們空班講的黃色笑話，那根來那根去，絲毫沒考慮Ann是個女生。「人家Ann是女生。別講這些啦。」諾亞主廚說，但這句話超政治不正確。

「人家是女生捏。」僑仔跟阿傑起鬨地說，但距離抓得剛剛好，阿傑拿菸分給Ann，打火機沒幫她點，反而丟給她，這也是距離。

在小小的廚房裡，「熱喔。」「刀喔。」不時叫喊著，是因為距離太近，一轉身撞到燙鍋熱菜，兩人都會受傷就算了，菜不能出讓客人等才是最煩的。是因為距離太近，一轉身刀便可能插入身體，所以叫喊。Ann在小小的廚房，維持像個兄弟的模樣，與阿傑擦身還用屁股撞他。當我將魚貨搬入，Ann還會問我要不要幫忙。幾次我腰閃到，我將貨放在廚房送貨口外，喊個說魚來了喔，僑仔喚Ann去搬，我問Ann不會太重嗎？

「你又不能搬，奧查埔。」

她確實像個男人一樣的搬貨，像個男人一樣搞又臭又油的油水分離槽。

成為一個廚房人，異男毫無門檻。

成為一個廚房人，裝成異男降低門檻。

只是Ann從不跟阿傑、僑仔玩傳說，她有買比特幣，但不跟人交流。跟她談餐飲界的女神，她會說哪個超辣，哪個女神不容侵犯。她為什麼不去女神們的餐廳工作？Ann回說女神也是從The man world大戰後出來的。她也遇過對性別有偏見的廚師，「女人在家裡煮菜就好了。餐廳廚房是Man的地方。」那個老主廚說。Ann是老餐廳年輕副廚面試進來，主廚訓斥副廚，還是讓Ann進廚房。

「缺人是什麼人都缺嗎？女人就算了，還不男不女。」

「生理痛痛死，也不敢請生理假。超想揍老師仔。」Ann對我說。

「啊現在咧？生理假會請嗎？」

「痛久就習慣，痛死還好。那家餐廳生意太好，老師仔忙的時候會盯著所有人，連廁所都不能上。不能上廁所，衛生棉不能換，悶死還感染。」

「真的不能去喔？」我懷疑。

「內場的男人都不敢去尿尿抽菸，你敢去嗎？但外場妹子就沒差。外場妹子還會找我上廁所，老師仔還笑笑地說不行喔，男女授受不親喔。」

那家老餐廳確實硬底子，能學到東西，學到一大堆老派廚房的知識：長幼有序、性別有差、性別裡的性向也有差。

「男人才是人，像個男人的人只是像人而已。」Ann吐出煙圈，捲起袖子，手臂上有無尾熊、老鼠與一片極光的刺青。我才不會問她刺青的意思，太做作了。想也知道Ann去過澳洲，未來想去北歐，去北歐幹嘛？一定是跟要去北歐小島修行的Edge一模一樣，當個海龜廚師吧。

「你未來要幹嘛？」我問。

「沒幹嘛。」她說。

「沒有要去歐洲？」我還是問了。

「去玩吧，以前在挪威住過。」她一說，我便回：「你根本不缺這份薪水呀。幹嘛去那種老又爛的餐廳？」

「也得去老餐廳，過過那些臭男人的水，他們吵歸吵還是會教啦，老師仔還會開啥胸部的玩笑。問我是不是本來就這麼平。白痴耶，老娘也有胸。」又吐了煙圈。

「終究他們還是缺人吧。」Ann打掉菸蒂，她終究離職了，要不然怎會在諾亞的餐廳，諾亞不會因為性別估量工作能力，也不會開性別的玩笑。Ann滑滑手機的分頁，點開幣安（虛擬貨幣交易所）只是看一秒又關上，換到求職網站，她沒有跟我說她要離職，只是想讓我看看她老東家在求才網頁裡，寫了性別友善的就業環境，放了一張Ann在肉臺的照片。

「ㄟ阿倫你看，上面寫無經驗可，不限性別。」Ann聲音低沉地說。「在我離職後，還有一個女的入職又離職了，那女的你認識啦。那女的超靠北的。」Ann聲音又回到正常。

那女的超靠北，叫做珞珞。

「異女還這麼難相處，老師仔還跟我抱怨說人長得可愛，卻一點都不可愛。」

老師仔的形容一點也沒錯。珞珞是簽完貨單會丟貨本的人，是跟她說今日無魚，她會說「你不是知名魚販嗎」的人。珞珞總一臉臭臉，不管對同事或對貨商。

「放那。」「放這。」「放好行不行？」她總是對我這樣說。就算我腰閃到的那幾次，她也毫無同理，連走道式冰庫門都不幫忙開，我還得請她同事來幫我開。

她同事幫我開門的那瞬間，珞珞笑了。

「那臭臉有夠難相處的，一定是天生的啦。才不是進廚房才故意這樣，她不像我那麼聰明啦。」當我跟Ann抱怨時，Ann這樣回。「她一定不是Lesbian。」Ann

補說。

「你又知了？」我回，又是一個自帶gay達的人。

「要不然你去問。」Ann說。

路珞只要進入工作時間，便不能閒聊。餐廳魚販最常做的事情便是在廚房最忙的時候，跟廚師們討論菜單加亂聊。當我站在水槽前與珞珞的領班聊天，珞珞會刻意使用水槽，有一次還將plate丟入水槽。

「好啦好啦去工作啦。」我說完，手舉起跟珞珞說聲抱歉。關上餐廳後門離開，我一人待在車上，總覺得不受尊重，或許沒被當成個人吧。滑起IG，跑出追蹤建議：珞子。我點入，不按追蹤，她拿著吉他自彈自唱，唱錯時淺淺地笑。歌聲是好聽的，跟在餐廳罵人時完全不同。珞珞的照片在山在海，她是山系女子，一直滑一直滑，滑到最底下最舊的貼文：「我手被刀砍了#chefs pride。」

早期的貼文總會放上#chefs pride，直到她就職那家老師仔的餐廳「第一天入職，#chefs pride。」隔一篇便是寫「幹」。再隔一篇已是她離職之時，寫著：「離。」

後來就變成遊記與她的歌唱。

我點入限時動態，根本忘了看人限時動態會被發現我正在看。

點了她昨夜放假去哪玩的幾則動態，手機擱在一旁，等到回家時，珞珞的ＩＧ已變私人。

她空班才會看ＩＧ，才會改掉誰能瀏覽。

她一定覺得我很變態。「對，你很變態。」Ann對我說。

「她不是Lesbian。」我說。

「當然，她胸是天生小好嗎？」Ann說，我大笑。

「廚房是Man world，除了男人，其他並不是人。我們只能靠近那些臭男人想像的男人模樣。」Ann說。

廚傷

痛麻之後，起水泡，拿針烤火，戳破水泡，塗藥。

油噴到幾次都還是會喊痛，痛不會習慣的，更讓人不習慣是高熱碰到皮膚。夏日的廚房就算有開冷氣也是三十幾度的高溫，穿長袖的廚師服是內焚的燥，但總怕那萬一的油噴。

「穿長的哪有什麼用啦，還不是照噴。」修修讓我看他的戰績，這不單只是在B哥餐廳裡受的傷，有在餐飲學校裡果雕不慎留下的疤。手套與衣袖之間戴手錶那個地方細細小小、或黑或咖啡的傷疤，最黑最舊的痕是修修求學時去快炒店打工留下的。左右手腕內側也有。水泡有大有小，戳開之後，過幾天好一些將皮拉掉。有時會拉到還沒生出新皮的內裡，又一次痛。疤痕多大呢，看他如何處理。

較白嫩的手腕內側，傷疤更明顯，也擋不住幾道刀痕。他說那是刮痕，國中用美工刀刮的。

刀傷都一樣痛吧。

美工刀、菜刀、堺孝行切起來哪個比較不痛呀？我問。

更鋒利的刀，瞬間比較不痛，但也比較深。他笑著回。

被廚刀劃開的口子很細小，手套破了還沒發現拇指有傷。等到出血，全新的紫色處理手套裡面開始濡濕，靠近火，溫暖才發覺自己的傷口隱隱發癢。他沒有叫出來。

「專業的遇到這點傷叫什麼叫喊什麼喊。別人會看不起你。」他開始處理魚時，將廚師服袖子捲起，左手也有一些傷疤，但我已看不見，整手刺青。他的左手刺上各種風格，有長頸鹿、有他喜歡的鋼彈的斷臂，還刺上了刀刃前端，是美工刀。

我當那把美工刀是新世紀福音戰士的那把高周波刀。

或像鋼彈的光子劍能解救世界，劃開自身的肉骨，自己的世界某種程度受到解救。如果是食物嘛，順著紋理，變成準確的重量，透過刀改變食物質地什麼的。至少客人吃下去時，能感受幸福的瞬間，某種程度上也影響到他人的世界。

「廚師是帶給眾人幸福的工作。生日、求婚、最後一餐腳尾飯都有我們。」B哥在菜譜上寫給內場。修修卻不認同，不認同到離職。對他而言，拿刀碰火的廚師，只是讓別人的飲食多那麼一點點快樂而已。

「說廚師是帶給別人幸福的工作，有點太過了。飲食是小到不行的事情，講得那麼大，壓力很大捏。每個人都來找我們要幸福，生日來找、交男女朋友也約這裡、偶爾聚會偶爾婚宴，還有幾個喪禮、離婚慶祝會。每個人都來找我們，催單時，油噴刀傷壓力超大。」修修說。

修修新任職的餐廳，是所謂的「慶祝」餐廳，不管婚喪喜慶、求婚結婚離婚、抓周生日都有人來此用餐。這家餐廳禮數總是做足，不說別的，例如生日除了招待蛋糕，還多一碗大份的豬腳麵線。吃完這碗豬腳麵線，六分飽了，套餐還不到主菜就飽了。在網路上爬文的客人們，訂位時總會說自己生日，餐廳也很識相不會查證件，送上豬腳麵線時，外場經理會輕聲地說：「生日快樂。要唱生日快樂歌嗎？」不管語氣多麼真摯，卻每一桌都得說一兩遍，說多了也機械化了，便聽起來很揶揄。

「這樣不會賠錢嗎？」我問修修。

「早算在食材成本裡面。只要餐廳營業，每一桌都有人生日。我都不知道我在做西餐還是賣麵線了。甚至經理還會問訂位的人同桌有人當月壽星嗎？」

「傻了才會說沒有。」我回，因為我自己訂位時也是如此。

「還送生日蛋糕咧，這樣才帶來幸福呀。」修修說，但如果每個人都只是來討這些小小幸福，他便不用那麼辛苦地把洋蔥切得近乎細碎卻仍然成絲，也不用將牛排煎成剛好的褐色切開仍是肉紅。

他將廚師生涯看成自己的生命，「賣肝做菜都是磨煉。」他自己說，但這不是場面話。他將客人還沒切開便退回來的三分熟牛排，切開，「這熟度是肝紅，三分熟沒錯呀，吃豬腳麵線吃到呆掉。」

那牛肉的紅是修修紫色手套透出來的手指血色。

那牛肉的紅跟人體的傷口扒開，將人血清掉時看到的白白肉色很不一樣。

「人肉比較像老鼠肉。豬的那塊。」他說完，我真覺得要命，又覺得這譬喻準確，畢竟他是處理過各種肉的人，牛肉豬肉鹿肉與自己的人肉。

空班時，修修打開廚房的醫藥箱，裡頭的藥都過期了，會讓傷疤變深的過期碘酒，修修毫不猶豫點在拇指的刀傷上，滲入的棕黑與乾掉的血分不出來。

「嘶。」他叫著，「爽。」他說，甚至將傷口打開得深一點。

「都過期了。」我說。

「哪有差。至少有塗藥會快點癒合。」他回。

我沒有勇氣像他一樣打開自己的體膚，揣想國中生能遇到什麼，霸凌、愛情、功課，什麼都足以令人死去。因為這些原因死去的人，常會有人說可惜呀為這些小事情過不去。

什麼都可以過不去，也什麼都可以過去。我從小就是個迷信的人，國小四年級時與姊姊看星座月刊，查自己生日的每月運勢。看農民曆的生肖流年，更曾追著媽媽問手相。媽媽沒說什麼，但常有人說我沒長輩運，說的人說我耳朵小眉骨高，耳朵小是沒至親的緣，眉骨高是太有自己想法。說準也準，說不準也不準，從小爸媽太忙了，我像是放在盆栽裡的仙人掌，偶爾澆水。什麼都自己來，所以什麼都有自己的想法。父母親的愛是比一般孩童還多的零用錢，這道理我能接受。獨立是存起更多錢，存起更多的錢為了跟父母說我有好好用你們的錢，就算用少少的錢我也是活得好好的。

餓的時候，自己走個一公里去鬧區吃飯。無聊時，進去電玩間花幾個十元投有人在玩的格鬥遊戲，打輸打贏都沒差，至少知道對面有人一同玩樂。遇到擊敗他之後、接續投錢挑戰我的大人，挑戰多次他輸了拍桌，起身一看只是個小三的孩童，下一句話一定是「你爸媽咧？」我答不出來，頭往上看著那位大人，那眼神是否挑釁，我不知道。我手裡搖著搖桿，卻沒有看螢幕，按著按鍵，不知道自己打出什麼招式，遊戲裡角色偶爾蹲偶爾站，輕拳重腳，電腦過來會被打幾下，又過來時電腦用出招式。我看了機臺螢幕，那位大人又看著我。我聽到我角色的叫聲，「你爸媽呢？」他問。

「要不然叫警察喔。」

我轉身走了，機臺發出You Lose的音效。走遠一點才敢轉頭去看，機臺的螢幕已是遊戲標題與coin(0)不斷閃爍。

不要去投錢，我對自己說，不要惹麻煩，你是個獨立不惹麻煩的孩子。

在機臺放十元的地方，有菸點熄在壓克力後的菸痕，黃黑褐的漸層，是另類的彩虹。我跟自己說不要變成那樣的大人。看著爸與友人抽菸，媽得上車或是躲去角落抽菸，爸只是把菸放在嘴邊，不從鼻息出來，而媽鼻息又白又長的煙霧。我厭惡的不是抽菸這事，而是將菸觸熄，菸油覆蓋上機臺上的搖桿，濕紙巾擦不掉油脂，是人的是菸的。何時才對「你爸媽呢？」這問題無感。

三年級的音樂課，唱母愛偉大的歌曲時，還有點點痛。

四年級，他們離婚的時候，我無感了。

五年級時，我看到鄰座的男同學，用針將原子筆的鋼珠挑出，一手持針一手持筆，筆尖沒有鋼珠抵住而流瀉的墨水，滴在手上，同時針刺入。刺得多深，才能讓皮膚吃色？他刺忍，他刺不知道哪邊才是納粹哪邊才卍字。同學跟我說一點都不痛喔，但他上課時刺下去他嘶嘶地叫，像是黏鼠板上掙扎的老鼠將皮毛撕離的痛。我只是敷衍，哪有什麼好忍的，哪有什麼好刺卍。

我當初應該問他是不是好痛苦呀？

沒問，問下去他一定揍我。聽其他同學說他家也離婚了。

學習獨立，有好長好長的陣痛期。陣痛不會停止。

但每個人獨立的模樣不同，他刺完忍之後，是點得太淺了，幾個禮拜宣告自己是大人的刺青消失了，又變回小孩，又一次刺傷。這次會刺深一點，我以為他會有更大的叫聲，只是低頭假裝睡覺（老師已不管他上課怎樣）咬著下唇發白，再大力一些嘴唇會咬出血來。漸漸地習慣痛了。

當他將右手拿給我看時，墨還沒擦掉，墨色邊緣是褐色的紅。忍，顫抖的忍字，一旁是自殘的刀痕。我問他痛不痛，他說他在學習另一種刺青的方法。

現場示範給我看，割開皮膚，撥開一點點，拿衛生紙邊緣吸乾血液，墨水點入，撥回皮膚。

皮膚看到些微的黑，又出血了。他壓住止血，期望能變成一道黑色墨漬。

撥開皮膚吸乾血液的瞬間，我看見肉是白粉色的。

修修說的沒錯，五年級的我看過像是豬肉的人肉色澤。

五年級的我自以為貼心跟那位同學說：「我家跟你家也一樣，我了解你啦。」

一拳一拳一腳一腳，罵著髒話，那位同學的好友也跟著打。

那位同學的好友一定不知道為何要打我。

「他不刺青啊他不刺青啊不刺啊。」

我才知道每個人的痛是不一樣的。

沒有問修修的那些傷痕從何而來。下一次見到他，左眼包了遮光眼罩，臉上是點點紅斑。

「怎麼啦，跟女友吵架喔搞成這樣。」我問，他回的答案跟我想的一樣，煎五花肉時忽然油爆。

「還好旁邊沒有其他人。」他回。才不是怕傷及無辜，而是油噴在臉上，噴入眼睛，一定慘叫一定狼狽。

「我叫沒幾秒，轉身沖臉。」專業是記得燙傷後沖脫泡蓋送。同事過來，只是幫忙叫救護車，因為那時修修的左眼張不開，等待張開時眼睛一半變翳白。他拉開眼罩給我看看他的左眼，還是霧霧的。「會好啦。只是為什麼當下燙得要死，沖下冷水，卻感覺更燙了。」他安慰我，又問了怪怪的問題。

「我不知道耶，那你臉上的紅點還會覺得燙嗎？」

「會癢，跟痘痘很像，忍不住去抓，抓下來都是皮屑。那時才會開始覺得燙燙。」他回。

「不要抓，會感染」，醫生都這麼說，各種傷口都一樣。燙傷的疤久了，也與修修的臉和好，不會癢了，變成較大的斑點。仔細看那些疤不是黑痣的顏色，而紅褐色的如同熟肉。

「有沒有看過煮熟的魚眼，我的眼睛那時就是那樣。」他那樣說，我腦中浮現是千百魚眼，透明變白。「眼睛燙傷不太痛耶。不舒服是後來眼壓爆高。」醫生說他皮膚就那樣了，比較危險的是眼睛，等待眼壓下降的幾天，他睡不著，眼睛像是開口太小的醬料包，擠出來超少的醬料那般的煩悶。

左眼的白霧消退，視力回不來。

就算左眼看不到，還有右眼。修修這樣說。

「只是那樣切菜應該更不方便吧。」他又補一句。戴眼罩的他，切起洋蔥依舊以毫米為單位，根本沒變呀，存在肌肉裡的記憶沒有變，但他若低下頭看自己切時，速度放緩了。還是會怕，視覺還是騙了他。他因為油爆休了幾天病假，又補上那些病假，「沒工作沒有錢是要餓死嗎？眼傷是有點不方便啦，但我問醫生能工作嗎？醫生說最好不要高壓的工作。我的工作哪有高壓，我都做幾年了。」

二十五歲的修修，在廚房也待了八、九年了。高職讀夜校，上連鎖吃到飽餐廳的早班，偶爾接接婚宴會館的內外場。他存款很多，卻總是怕窮。家裡窮過，所以不要再窮。家裡沒人依靠，只能靠自己。少一天工作像是假死了一天，就算病倒真的快死了都仍然想上班，因為快死了不是真的死亡，而是沒去上班。我笑修修說怎麼可以這麼愛錢。他說沒錢怎麼刺青，沒錢才會被笑，沒錢才會被說每天都穿國中制服髒得要死。

「我很喜歡B哥那裡，他說餐飲人的使命，其實我很認同。我習慣高壓工作了，只不過他錢給得好少喔。」修修說，老派的廚房管理打罵都可以，但錢實在少到還得去跑外送。

嘲笑他瘋狂工作可以，但說他愛錢愛到沒有天理，那是他傷口的地雷。

踩一兩次雷，便能看到地雷炸裂之後，下方乾淨的土地，白白的粉粉的傷口。

為什麼那麼愛工作，依舊會受傷呀。我想。

拿刀碰火，離傷很近，也容易習慣痛吧。我想。

廚傷代表廚師工作忙到能忘記很多事情，受傷當下不能喊，忍痛出完餐，自己包紮。也能改善很多事情，例如錢，例如不時湧上心頭的煩躁。痛好像也是，又不能單單這麼說。

我左手掌的生命線五分之一處卡了一截斷裂的鉛筆心，五年級的我自己將鉛筆插入折斷的，手掌皮膚癒合蓋過去。我當初是想生命線走到十五歲就差不多了，中斷自己的生命，如果手相有準。那時我知道自己沒什麼勇氣傷害自己。如今，早過了中斷的生命線，壓著手掌上小小如逗點的筆心殘跡，有點不適，是癢是難耐，清楚知道不是痛。修修的痛到現在是什麼感覺呢？我的感覺霧霧茫茫，如同為什麼十歲的我只想再活五年，那些原因根本不記得了。

我們每個人都有傷，傷得習慣了，變成例常，不經意地挖了出來，又是一次傷，例常地復原。傷得深了，最痛最痛就在那瞬間，過了又變成一般的痛。有些人會把傷把痛當成印記，當成榮耀，像是軍人的徽章。有些人會把傷把痛當成對待他人的指標，我這麼痛過，別人也理應如此，這種情況愛侶常見，但更常看到的是職業上的階層，我這樣熬過了。

我不知道修修手上的「刮痕」是怎樣地傷害自己，是怎樣地要如此傷害自己。他刺青，刺美工刀，而刀上的刻痕遮住一道道刮痕，他應該知道美工刀的刻痕是用以折斷不堪用的刀刃。他青年時期的那些痛楚，是能折斷？還是像插入我掌心的筆心，變成碰觸會痛不碰無感的身體深處？

下廚的人，必會有廚傷。壓著劃口止血，跟自己說著下次不要再犯了。廚師也會壓著劃口止血，不可能不再度傷害自己，因為那是日常生活，那是廚師必要之傷，幾句髒話塗上傷藥，有沒有疤沒有關係，等退休雷射吧或是刺青也可以。會不會因為廚傷恐懼下廚？別開玩笑了，是工作的一部分，死不了的，我們也都還活得好好的。

我們仍然不能溫柔

B哥的店門貼滿友善農業、公平交易、低碳排放、綠色飲食、產地到餐桌的貼紙，還有拒絕核能與一幅鯨魚旗。這樣的廚師與我一定談得很來。他從來不跟我計較我開多少價格，嘴裡總說該給的利潤還是要給，但B哥對我這樣說，我絕對不敢亂開價，給他價格總是少別人一趴兩趴。

為什麼？

理念值得那一趴兩趴。

我創業時，搭上了餐廳風行使用小農、有機與各種號召公平正義的食材。我賣海魚，實在沒什麼要多說自己是有機魚、無毒魚，那些話說起來我自己會笑。「產銷履歷？」他問。

我說有有有，便秀出與漁港行口老闆的照片，那張照片老闆的笑很假，我比的YA很像觀光客。「照片能算？」

「要不然你要什麼？幾點幾分哪艘船抓的嗎？」我回。

他點頭。

我當然能生給他。下次送魚，一尾真鯛，幾點幾分在哪艘船抓的，我印好一張小小的卡片貼在保麗龍箱上。我在此懺悔，那只是找艘澎湖籍漁船瞎掰幾點幾分（且有配合漁港時間喔）寫上去的。但B哥信了，反正魚有新鮮十分好用，也真的是澎湖來的。早上八點的班機，八點四十到他的店。有供午餐的餐廳，廚師通常十點上班，資歷最菜的得九點半來收貨。我把車停好，B哥的廚房燈已亮，我以為是那一大鍋湯熬了徹夜，燈開著是防小偷防老鼠。工作臺上一桶桶切塊的蔬菜、細碎的洋蔥，一旁小鍋的馬鈴薯微火半滾，甚至馬鈴薯泥已經篩好。B哥從廁所出來。

「怎樣，要簽貨單喔？」他遞了杯溫紅茶。

「幾點而已你來幹嘛？」我問，順手把貨單拿給他。

「備料、切菜，看不出來嗎？」他說。

「你B哥，你老闆耶。」我回。

「唉唷，自己多做一點，員工就少做一點，對員工好一點啦。」他說了一嘴的好聽話，不用打開人力銀行，只須看餐廳的粉絲專頁，將徵內場廚師的訊息放到置頂貼文，便知道這家餐廳多缺人了。

為什麼缺人？我問。他打開人力銀行，他讓我看看那些應徵者，幾十個一一面試，「沒一個耐操的。」他笑。

「像Edge一樣？」我說。B哥嘖我一聲說：「要像副廚修修耐操不鬼叫才棒棒。但怎麼都請不到好用的人。」

送完貨後，我在車上打開他們家徵才的頁面，裡頭的敘述將自己店門口貼的貼紙一一覆述，B哥得過什麼獎，寫米其林或是亞洲五十大就算了（但他沒有），將什麼公平交易餐廳獎沒人聽過也寫上去，只差沒有把那捧紅他的名人推薦寫上去，像是應徵時自傳還寫國小的新鮮人。他刻意在應徵條件寫上不菸不酒得耐操。B哥是對我溫柔的人，他的耐操也不會很操吧，我想。他常說做餐飲要賺錢不容易，人很重要，但也很容易，只要不那麼相信人就好。他有賺嗎？用這麼多「好」的食材，食材加上名目、加上條件也等同加了成本，也變得難賺。

下一次送貨時，八點半，我問他有賺嗎？

他說有，缺工自己做，賺了少請兩三個人的工錢。

他當然有，他一家餐廳的店面開成兩家，一家Fine dining，一家Casual dining。

「壓榨自己啦，剝削自己啦。要不然倫仔你咧一天做多久，你自己幹嘛不請人？」把問題丟回來給我。

「一天做十幾個小時呀，今天三點就起來。唉，我這行有時閒閒，請人不划算啦。」我沒跟他說我還沒有盈餘不敢請人。

「管別人很煩啦，事情一堆，不如自己做。」我又回，然後細講自己一天的工作流程，把利潤都跟B哥說，他將馬鈴薯過篩又過篩，回我嗯嗯嗯，聽起來就是敷衍。「怎可能賺那麼少？那如果讓你請員工，你要請男的女的？」他回。

「女的，正妹最好。」我說。

他以為我回幹話，「男的女的沒差啦，能幹最重要。」他回的話更糟。我笑得歪扭，他卻板起臉。

「不是講色色的。我真覺得現在的年輕人不耐操，還有政府不時在加薪……」B哥講起這些跟愛講政治的阿伯沒有兩樣，聽起來非常無聊。唉聲嘆氣說人不好請，不好請人。過篩的馬鈴薯加入大量的奶油，攪拌，攪拌棒打在鋼盆，馬鈴薯泥變得黏糊滑順，他挖一口給我吃，問我如何。

「好吃。」我說。

「跟侯布雄比呢？」

「你的比較好，畢竟你的資本主義味道少一點點。」其實我沒吃過侯布雄，但我吃過從那裡出來的廚師的菜，比這好吃很多。

B哥看看時鐘，細聲唸起該來了吧，那時九點。九點五分，他的廚助修修到了，B哥將打薯泥的聲音放大，看修修一眼，「該幹嘛就幹嘛。」

「阿倫為什麼要請正妹？送魚應該要粗勇的啊。」

我不請員工，是因為有時我真的很閒，有時又太忙。為了員工的薪水，我還得多跑業務，好懶好懶。

「你買的龍蝦商不是請個辣妹，他搶了我多少生意你知道嗎？」我說，他沒有說話。

又一則B哥餐廳的臉書發文，一如往常的徵才訊息，每一篇都長得差不多，照片是那扇貼滿各種理念貼紙的餐廳門，氣氛十足（不能說這種照片文青氣，對文青說文青他可是會生氣的），這些貼文重複張貼，最新這篇有些許不同，或許照片吧，照片旁的書櫃有二十一世紀資本論，仔細查看B哥的文字，原來是時薪與薪水有調漲，特別用紅字寫起。

一小時調漲五元，月薪漲三千。

他請到人了。試用期一過，那人八點半上班，每次送貨都看到他搬起一箱箱的貨。問那人老闆呢？

「睡覺吧，誰知道。」

廚師一天平均工作十到十二個小時，常常上雙頭班，雙頭班是中午一班，下午空班，晚上一班。下午空班從兩點到五點，算在休息時間不算薪水，有時午班沒備好的料空班來備，備料時間也算是休息時間。

「他們沒休息，怪我囉。」我跟B哥討論空班時，他說。有些員工，從早上八點半做到晚上十點半，「可惡，昨晚那些大嬸吃完了還聊有夠久。」新來的那人說，那人最愛網紅來吃，因為照完相就走。我不知道新來這個會做多久，廚房白板上貼了商周、天下那類激勵人心的創業故事，B哥下面寫著有時看看。

「天啊，那超級資本家的耶。」我指著那些文章跟B哥說。

「成功不就那回事嗎？」他刻意大聲地說，對員工說起那些企業家什麼董什麼執行長怎樣苦讀，只差沒一句不經一番寒徹骨，哪來梅花撲鼻香。B哥甚至怕人不懂，還舉他以前工作過的餐廳，說那家餐廳的主廚多賺多成功。

員工們都沒聽過B哥抱怨以前他如何被操，薪水如何少，而我聽過。

聽廚師抱怨以前待過的餐廳，抱怨的內容連吸管的粗細都會拿來說嘴，吸管要多粗有多粗，冰塊要多大有多大，澄清湯要加雞粉就加（哪需要顧火不關火，哪需要不時撈浮沫）。B哥確實沒在用料與做法上小氣。

「難道你不能對員工好一點嗎？像那家……」

「哪家？」他回。我講了一家有寒暑假、有員工旅遊、疫情時發底薪不放無薪假、周休二日的餐廳。

「他那講夢想的啦，他員工幾人？他有我辛苦嗎？」
「六人。」我回。
「我這家店內外場十五個人。我有很多員工要養耶。我還有家庭要養耶。」
他有點生氣，我便閉嘴不說。
新來那人度過了試用期，他篩起馬鈴薯泥，B哥挖了一點。
「不夠細不夠綿。可以Cream一點。」B哥說。
看火呀、切絲呀、攪湯呀。
回話啊，各位大廚師們。
「是，收到。」內場們喊。
又是一次八點半送貨，又換了個新人來收。
「這麼早來，還習慣嗎？」我問。
那新人跟我說倫哥你看這有機蔬菜好貴喔。他打開進口的有機蔬菜的外包裝，上頭畫的Q版農夫與那些蔬菜都很可愛，裡頭的包裝一層一層。「有產銷履歷的咩。」

「啊你咧？」B哥說。

「我就是產銷履歷。」我回。不知為何，我覺得總有一天會被換掉。

B哥打著呵欠，我問他怎又有新人？

「臺灣最不欠的就是新鮮的肝。」我說。

「也不缺負心的人，修修下個月要走了。都學完了就要走，死沒良心的。」他刻意說得大聲給修修聽。

「修修幹嘛走？薪水不好喔？」我問修修。

他冷笑。

「開玩笑的啦，修修很認真做，本來就該出去開店了。新人懂不懂，要多學我們修哥。」B哥說。

他說這些，只是怕新來的還沒開始學便辭職了吧。

我們都知道不該剝削任何人，我們都知道這世界應該公平。只是，我們仍然不能溫柔，我們深怕溫柔之後，會傷害自己。基於如此，我們一點都不想要嘗試，壓榨別人如此簡單，壓榨自己也是。

「B哥，你知道為什麼我一天工作十六個小時，卻不請人嗎？」

因為我怕對他們太好，他們自己過意不去。

因為還賺不夠。

「時代變了呀。阿倫，人都變了不好請不好用了，想當年——」B哥說到一半停下來。

「蛤？」

「我忘記我當年怎麼撐過來，我記得那些罵主廚的髒話，我記得一個不爽隔天就不告而別。我根本忘記我當年有什麼理念。」我以為B哥會接個比較柔情的話。「但，對學徒阿弟們怎可以這麼溫柔，對他們溫柔，誰來溫柔我。」時薪漲了，工時縮了，但要做的事情更多。什麼公平交易、友善農業，在B哥廚房仍然沒有溫柔。

我們仍然不能溫柔，對誰都是。

輯二　廚房實境秀

走進魚市的廚師

比我懂魚的廚師很多，但裝懂的更多。

常有廚師覺得魚販的魚市生活很有趣，想體驗一下，連軟哥也不例外。我跟軟哥說凌晨兩點的臺中魚市不夠好玩，軟哥甚至問我要不要去一趟深夜的崁仔頂，我一律拒絕。我不是害怕商業機密被人知道，沒什麼機密，只是深夜工作還得一一講解，只是看一群剛下班的廚師又陪我上班，主廚跟老闆開心而已，廚助根本不想去。他們累累我也累累。我推遲他們，我都說等你們辭職再說。

當我魚市採買完畢，總會見到幾個廚師的ＩＧ限動，在清晨魚市選魚挑魚，一旁文字寫道：「新鮮不容等待。」似乎是跟大家說早起的鳥兒有魚吃。但早晨五點的魚市沒剩什麼，只有日出與空蕩的攤子。他們照片上的魚是魚販選剩的，我怎好意思跟他們說那東南亞哪裡來又哪種魚呢。

「哇，還可以看看蝦呀。」我傳訊息給軟哥，他也發了一則魚市動態。我後面加了幾個 emoji，掩蓋住我內心的嘲笑。

「讚吧。」軟哥回。我覺得一點都不讚，接下來一個禮拜他們不會叫魚，我有點恐慌會不會連著下禮拜又去，甚至永遠。後來去魚市的廚師都不是軟哥，都是店內想升職的廚助副廚。廚助可能是用學習之名被凹去搬貨，而副廚只是為了減少一點成本，讓軟哥身旁的會計採購替他講講好話。

他們不約軟哥，就算軟哥要去。

他們會給軟哥要的東西：深夜魚市的照片。

但雜誌會約，約了軟哥（與另一名主廚）。在春天的深夜，前往崁仔頂。

前一天，氣溫三十五度熱得像夏天，魚多到拍賣價都在跳水。

採訪那天，氣溫驟降，東北季風又下雨。崁仔頂魚市，昨日魚多今日無魚，魚攤上都是貨底。連路邊垃圾也少。我跟廚助說你們主廚這趟去一定沒東西買啦。

「春天後母臉，雜誌是外行喔，都不會看漁業氣象。」只有業內人士才會看漁業氣象。

「裝模作樣而已，幹嘛那麼在意？」廚助回。

「你家的海鮮我交的捏。雜誌的照片一定會拿一張主廚捧魚，如果捧差了……」我停頓一下，而後大聲地說：「是─我─林─楷─倫─沒─教─好啊。」

捧魚也是有內外行之分，如果手拿魚尾讓魚頭垂下，因為頭重尾輕，魚的脊椎與肌肉容易受傷。最好是雙手捧起新娘抱，但我來不及說。軟哥幾次在限動中，手拿魚尾或是扛在肩膀做起深蹲，無聊當有趣。

「臺中魚市跟崁仔頂魚市根本不同生態，誰約的想害誰呀。」我說。

「隨便啦，軟哥就想紅咩。」

我們都知道主廚很有可能出糗，畢竟他常失言，常過度果斷。

那雜誌的主題是料理選魚東西軍。毫無創意也沒什麼意義。找兩個魚販來ＰＫ還有趣一點（但沒有上得了檯面的潮潮魚販），找兩個知名主廚能證明什麼？證明臺灣的海域之大卻只能選那幾種常見到無聊的魚（呵欠）。

「能不能擇日再拍？」我問軟哥。

「我哪那麼多美國時間。」他回。除了這兩名廚師都忙，更重要的是雜誌兩三個禮拜就要出刊，封面、文字、季節不能再等，改個期便過期了。我請軟哥在拍攝當下跟我視訊，他說好。但怎可能深夜三點多的崁仔頂還跟我視訊。那天我特別晚睡，等到三點沒有電話。算了算了，軟哥也殺過很多我推的魚了，軟哥在他團隊一定很懂，一定很裝懂。七點起床，廚助傳來照片，在觀光客聚集的喊魚攤前比Ya拍照。照片裡的一盤盤魚，我掃過一遍，全都是印尼進口貨，紅條腮邊的色澤由紅轉灰黑、長尾鳥的長尾巴紅變成白、白鯧的腹部已漸黃。

「你們該不會選這攤吧？」我問。

「No, No.」廚助傳了幾張照片，是主廚抓起長尾鳥的尾跟攤商合照，另一張是他手比三跟人競價。他沒買到，我想主廚一定直呼可惜，買到的人是另一位知名主廚。

長尾鳥尾巴變白，眼睛內部的液體出現混濁，有雲狀白霧，那已是三天前的貨。他家的軟哥去哪裡買魚，廚助沒有再傳照片給我。我怨嘆著自己為何不早起打電話過去，照片裡如果有個接電話的主廚似乎很糗，像是將數學公式抄滿整手臂的考生，代表自己不懂魚，但在媒體面前，身為主廚了怎可以不懂魚呢。

他們才不懂呢。軟哥回應起網紅吃他家的菜有所批評，如此回應。

他們不一定比我懂。採訪裡也偶見到幾個很常跑漁港的主廚會這樣說魚販。

「親力親為。」某位主廚講得鏗鏘有力。

我都是笑笑。

他們才不懂呢。我沒有指誰喔。

「軟哥你要叫我起床啊！」我邊說，軟哥邊打呵欠。一天熬夜便已無力，看來他老了，看來他沒有像我這般魚販一兩點起床（那時他都還沒睡），習慣逛五六點的清晨魚市，親力親為撿魚販的尾貨。我已習慣那麼早起又晚睡，他累成那樣我也不再多說多問他選了什麼魚。

「選不到什麼吧？昨晚風很大，一定沒魚。」我說。雜誌幫他頭髮上厚厚一層定型液，被風吹到出現白斑，但硬挺的瀏海掛在額頭，卻在髮旋旁跳出一根呆毛。很可愛呀，他大打呵欠，妝容的粉掉了些，補眉毛的色澤脫了些，走進辦公室裡。

兩個禮拜後，他拿雜誌向我炫耀，雜誌的報導下方寫了兩位主廚的經歷，更小的字體寫起軟哥上身長襬襯衫／undercover，下身／Dior Hommie，鞋／私著物。軟哥的鞋是我借他的達新牌短雨靴。他身材很好，穿搭怪在那雙摩擦累累已無亮光的達新牌。另一位則是非常三宅一生，這一看不就是兩個潮流咖，時尚沒錯，但怎麼說服人說內行呢。其中的報導說起臺灣的海鮮文化，文化必然從阿公阿媽輩說起，說罐頭說鹹魚說五柳枝，轉個話題又回到自己的菜，說自己菜單裡的自製罐頭有哪國元素，說鹹魚又說佐到什麼香草，話題又轉到魚市漁港，兩人都說很常逛，我家主廚說他每天都逛臺中魚市，有臺中港的現流魚貨。天啊這句話外行到炸裂，我都想大喊公關快來，但能救這題的公關只有我。另位主廚則說他很常跑海邊，看人岸拋，但他的ＩＧ都是衝浪照片。

顧客懂這些海鮮嗎？記者問。

標準的老派回答是我用心煮我的菜，顧客自然會懂。

但兩人異口同聲說顧客才不懂呢。

我聽得到兩人說這句話的方式，帶點驕傲帶點不羈。

下一行，又自我解嘲與肯定顧客，兩人又說起顧客的好好棒棒故事集。

最後一小段提及選了什麼魚，長尾鳥與野生午魚。撰文者補充了長尾鳥的脈絡，寫什麼來自臺東。野生午魚寫來自雲林。產地沒錯。我翻到下一頁是整版的主廚拿魚帥照，然後搭配幾格主廚拿刀準備剖魚（沒真的剖）的幽默照片。午魚黃鰭深灰背，鱗片過度亮澤，是一尾養殖的午魚。長尾鳥來自印尼。

但兩人異口同聲說顧客才不會懂臺灣的物產呢，是他們自己的堅持。

我笑，我家主廚問我笑什麼，我說笑他們的相片。

「當天沒什麼魚。那人只能選午仔，我還懂選長尾鳥。」他平淡地說。

「那不是野生午魚呀，你的是野生的。」我回，但不是臺灣的，這句話我沒有說。

我想想不要太苛責了，畢竟這篇文也不是軟哥寫的。

「看雜誌的人不多啦，看的人也不一定會懂，對吧？」

嗯。

我把貨擺入冰箱，走之前跟軟哥說下次有這種邀約，我給你魚單。

「要不，倫ㄟ你來教一堂課吧。」

我說好，但始終沒有開課。

我還沒賣魚前都有個幻想：廚師一定懂所有的食材。當魚販後，才發現沒那麼懂才是常情。不懂也沒差，拜託讓專業的來吧。

打卡按讚google五星

我創業時，google評論的影響力還沒那麼大。跟阿球說網路評價要顧，阿球回要顧什麼，顧好品質，其他都譁眾取寵。我跟他說要學他前老闆軟哥，顧好人脈（我自己也不信這點），客人的評論就是你的人脈。聽到我講軟哥，他就像是聽到前女友的名字，恨不得軟哥過得差。

「錢還了嗎？」

「又沒借多少，軟哥整天拿來嘴。」空班時跟他去路旁吃麵，邊說。

那家麵店促銷活動寫臉書打卡或Google評論五星送小菜，阿球說這種行為墮落，他不要讓別人知道他吃什麼。但我要，我才懶得管誰知道我吃什麼又是什麼品味。我登入臉書，需要標註一人，公開發文打卡。我標註阿球給店員看，阿球不爽，下一秒那則標註被阿球刪了。為了小菜，打卡標註幾秒省三十。

阿球做了幾年副廚，自己開店。這樣的廚師職涯如同從小兵熬個十年也能當士官長，毫不意外。阿球遇到的困境也很一般，是食材店租的成本管理，沒有員工沒有人事問題，期初資金跟軟哥借了五十萬，獨資就沒有股東問題。雖然軟哥不時會問他生意好不好，阿球認為只是藉故討債，「那只是長輩關心啦。」我說。

這家店問題最大的是沒有生客，只有熟人。靠熟人的生意模式撐一個月，阿球便覺得自己是不是沒資格開店。當他跟我聊google評論時，我對他說：「不要理客人嘛，不要放棄自己的路呀。」這類的話到哪個職業都相通。他嘖我，他想全都要難道不行嗎？

似乎選擇靠近消費者，就得放棄夢想一點。

這種迷思，我賣魚時也有過，不選擇好賣便宜鮮度差一點的魚，去選擇難賣很貴長得怪怪鮮度很好的魚，為何我要這麼做？自以為高尚。寫作時也是，不選擇寫更大眾一點的文章，去選擇純度極高的純文學，把自己都不懂的哲學放入文章，看起來比較厲害吧。

廚師也是，從高價中餐跳入尋常人家旁的路面店。他用以前餐廳的腦說一客義大利麵三八〇加服務費還好吧，阿球這麼說時還把食材細數成本一遍（我怎會不知道成本呢），我也覺得這價格還好。

但如果要我帶一家四口吃，嗯，半年一次吧。

兩個人說完三八〇還好，這義大利麵值五百元後，都互相回說一兩百元的義大利麵怎麼吃。

麵心透了，巴不上醬汁或是醬汁要溺死麵條，這些我都會講，但我日常還是帶孩子去吃平價義大利麵。

總是說一套做一套，自己做的那套最高尚。

要理客人嘛，要找尋一條自己能走也能與人同行的路。我深知這才是比較好走的路，我跟阿球說了這些話。

「要不然我要怎樣？叫客人打卡按讚評論五星，送薯條嗎還是免費升級變套餐呢？別在那講這些啦，你寫作難道會要人打卡按讚嗎？笑死。」

「會。你軟哥也會。」阿球聽到我說這句話，走進廚房開始備料。

這句話當然沒說完，我沒有說我超級在意我文章的按讚數，超煩惱自己的銷量，更會害怕寫作圈會不會不愛我。「這樣的我很沒骨氣吧？」回家我問太太。太太說不會，大家不都這樣。

讓阿球更困擾的是他怎樣不去理會假想的評論，沒人敢跟他說他這家店的價位裝潢沒有食評家會評論他，甚至說白了，阿球根本沒有人脈。他是苦幹實幹憨蹦說話那型，不帥也不聰明，就是那種家人說不會讀書，只好去學一技之長的廚師。

「關掉評論呀。」我說。

「這樣很孬。」他回。

人總是會在意旁人的評論。就算沒有親耳聽到，也會自動幻想。

「唉唷，以前在哪，現在卻煮米心透爛的燉飯。」

「唉唷，自以為還在大餐廳喔，煮這種到底半生熟的麵啊。」

兩種評論都在腦中迴盪。要偏向哪邊，阿球自己清楚，沒人能回答。

阿球總會幾句髒話後接他媽的CP值，然後精算給我看一盤麵的成本。

「嗯，比我賣魚好賺。」我實話實說，阿球嘲諷我騙肖，嘲諷我寫作還零成本，還用他當題材。餐廳的成本，食材兩到三成，店租三成、人員兩成，賺的只是剩餘的兩三成。我們都不好賺，還得互相殘殺。給阿球意見得斟酌語句，比寫文章還難，深怕說錯一句便傷到他，便讓他認為我瞧不起他。他不叫貨小事情，畢竟店遠錢少。

走在夢想途中的人，不要聽太多旁人的意見。

那些旁人也走在夢想途中吧。

但問他夢想是什麼，只是要餐廳步上正軌生意很好嗎？還是做自己也能賺大錢呢？都是吧，能兩者並行吧？我想。

阿球才沒有想要兩者並行。

只要靠近消費者，像是靠近墮落。要不墮落，要不窮到升天，這樣的思維絕對不是軟哥教的，阿球一定在軟哥那做得很痛苦，卻也好幾年。軟哥看起來很做自己，但仔細一看不就是捏個大眾喜歡玩偶做個潮流主廚的人設嗎？去過軟哥的家不就知道是個日常生活平凡到不行的大叔嗎？阿球去過呀，但他忘記軟哥穿起毛球的運動服頭髮極亂來餐廳開門的模樣，他只記得主廚穿起廚師服雙手抱胸受訪，驕傲且不提其他夥伴只提自己的語句。

「你以前老闆也是妥協很多。」我說。

「知道啦知道啦。」阿球回。

幾個月過了，阿球的店損益總算兩平。客人不多，但每個餐期都有，不用發呆打蚊子，慢慢積累生意也好。有客人就有評論，一次遇到「美食部落客」（後來轉身變成美食youtuber）問說需不需要幫忙「免——費」宣傳，免——費拉長音講，怎麼免費只是不收錢，然後請「美食部落客」幾位友人吃一餐，餐點他們任選。阿球才不要，我們深知免錢的最貴，打開那人的臉書，被追蹤數比阿球的餐廳還少，哪有什麼宣傳效益。真的有宣傳效用的阿球請不起，最後放棄這條路。

又幾個月，我見到那「美食部落客」的網誌，出現了阿球餐廳，照片俯瞰餐桌上所有的菜色能讓六個人吃，裡頭寫起阿球的經歷，寫起菜色，每道都稱讚，每道都浮誇寫著上帝級好吃捏、愛馬仕般的好吃唷，這類不知哪來的形容。裡頭有一道手臂蝦，那是阿球特地跟我訂的蝦子，那種蝦不算特甜肉質也還好。「手臂蝦不好吃你還叫，做噱頭做效果喔。」我說。

真的效果十足，「美食部落客」拿起自己的臉當比例尺，下一張照片是剝開蝦殼蝦頭，將蝦肉放在嘴裡的特寫，都正如這篇網誌標題：藍帶級驚豔比臉大牛排比手長手臂蝦高CP值義式餐廳一樣，沒有任何廚藝的資訊只剩食材。阿球的個性怎可能讓這個過稿。食材當噱頭最快了，這沒錯。誰管那些不一定吃得合的廚藝呢。

網誌出來一兩天，生意沒有起色，叫貨依舊少少一兩盒。幾個禮拜後，叫貨量多了些，餐廳的google評論卻多了些負面評論，說什麼義大利麵太貴啦，說什麼手臂蝦不好吃啦義大利麵醬太少啦，這類的評論早能預期。最煩的是說圖文不符照片與實體不一樣，我好想下面回覆說拜託「美食部落客」的臉都修成那樣還要求食物能照得多原始嗎？阿球餐廳的google評論星星從4.2掉到3.8，有沒有一個確切掉到幾點幾的評價就是難吃的餐廳呢？沒人知道，但3.8已經岌岌可危。

阿球再洗一次另一個「美食youtuber」，把盈餘投入業配，客人變更多了，甚至要排隊了，但評價卻沒有起來。

「要怎麼玩呢？」空班時，去吃麵時我問他。

我拿起手機，要打卡麵店，麵店阿姨說你打卡過了而且秒刪不能用。尷尬，只好多點幾盤小菜，卻點太多兩個人吃不完。

「打卡按讚google五星，如何如何？」摩擦免洗筷的阿球說。把麵加入超多辣醬的阿球又說一遍。

「送什麼呢？可樂飲料？」

太寒酸了吧，我回。

薯條剛剛好，麵量加大也可以。他做了張醜圖放在google評論頁面。

我們都知道，接下來麵的硬度可以調整，醬可以更多。

「我還是會教育消費者啦。」阿球說。教育的方法是印出他煮麵多麼講究的文案，新細明體的小單張放在打卡按讚google五星的宣傳背後。誰會認真看，誰會認真相信呀。

他問起我的寫作職涯怎樣，他知道我還可以過活。但我苦苦笑說，好想要作品能有像是打卡按讚google五星的宣傳方式喔。

文字工作有沒有CP值剛剛好的薯條能送呢？我至今仍然找不到，把自己放軟一點或更硬一些，怎樣才是最好的，阿球跟我胡亂地找。

現在變成什麼模樣了，連最初的我們都沒想到吧。

搶先訂位

Google夫夫的餐廳營業時間：18:00—21:00。全預約制，沒訂位的客人就算營業時間來排隊也沒用。點開訂位網站，選好日期後，得付訂金一人一千。

起初要付訂金，始因於生意很差還一堆人no show。夫夫的外場妹妹打電話給no show的客人說：「您好，今天您在X餐廳有訂位。」要嘛不接，要嘛接起說有急事或生病。生病得裝出生病的聲音，急事得裝出很急的樣子，外場根本沒那麼在意。最令人生氣的是某些客人接起電話說不能過去時，背景音是優雅的管弦樂，甚至還聽得到先生你要礦泉水還是氣泡水。

「換了間餐廳，也得先取消啊。沒品。」外場妹妹說。

無故取消也不先行通知的客人，浪費的不單是餐廳工作人員的時間，更浪費食材。Fine Dinning不是食材都是冷凍的連鎖火鍋店，一個客人便是一個食材坑，一個No show的食材成本約為餐費兩成到三成之間，氣的不是食材賠錢，而是講不講信用。

通常no show的客人，第二次要訂位還會說自己是熟客。你媽才是熟客，你全家都是熟客啦。如果我是外場我一定在內心嘶吼。

成為一名主廚，除了想得到食評、同行、食客的讚美，更想要的是不怕no show的勇氣。

怎樣才能不怕呢？

首先讓店超難訂位，收與餐費同價的訂金，要不要來吃隨便你。雖然每個主廚都可以說哪家超難訂位的餐廳為什麼難訂，但這些主廚說的也跟酸民差不多，飢餓行銷啦譁眾取寵啦。那些酸都是吃不到做不到那些甜甜的生意發酵而成。

「以後就讓他們訂不到，連抱現金來都不給。」還沒得肯定的夫夫主廚說。

這一兩年改變風格受到肯定的夫夫主廚，餐廳的訂位網站總在他心情好時忽然開啟，訂金改成與餐費同價。曾經說過的以客為尊，變成了以自己為尊。訂位網站開啟，訂位的人像是蒼蠅看到生肉，沒人通知卻知道要來訂位，不到幾分鐘顯示有位置的黑體字變成灰幕。

我看過夫夫盯住螢幕，笑呀笑啊，訂位一下又滿的模樣，那些餐費全都入袋，管他No不no show。

「訂不到啊。」我在夫夫旁邊按訂位網站，故意哭給夫夫聽。

「你還要訂位喔？」他問。

「不用嗎？」我問。

「要。」他笑，那講求公平的樣子很賤。

夫夫餐廳的google評論中，一顆星寫著：「爛餐廳，還要付訂金。」「當天突然有事，取消不退費。」這樣的有好幾則，還有幾則「訂位不公平啦，都給人私下訂啦。」

「會寫這些的人，大多都不會來吃。在開放訂位時訂不到位，打開google評論立刻給一星。」管理夫夫餐廳的外場巧巧如此說。

「最好是你知道啦。」我回。

「每月十號深夜十一點開放訂位。三分鐘內都搶得到。搶不到的，十一點五分留下評論。」巧巧把螢幕放大，展示證據。

我訂位六點，五點四十就在店外與同伴喇賽。

「你怎麼訂得到？」同伴問。

「我誰？」我回。他回喔。

「我把餐廳粉專設為搶先看，看的不是他寫啥小農故事主廚求學立志過程，是等訂位一開，我就選最後兩三周的平日，最好是連假過後的那個禮拜。」我說了我的訂位訣竅，連假後的那個禮拜會比較慢訂完。雖然這家餐廳的魚是我交的，但沒後門可以走。「啊今天咧？你走後門喔？」他問。沒有啦，昨天有人取消，我排候補啊。

林先生嗎？兩位。平常熟到不行喇一些不正經的巧巧說。

對兩位，沒有多一位。我說了不好笑的笑話。旁邊的同伴笑得像智障。

入座，沒有坐在可以看到夫夫的吧檯，帶到二樓邊邊孤單的包廂，好處是離廁所比較近，包廂講話可以大聲，但兩個男人只有幹話沒有距離，無須輕聲悄悄耳邊細語，無奈毫無情調。

放上了今天的菜單，對面的同伴有看沒懂，而我早就知道夫夫他們在煮啥。

氣泡礦泉水、礦泉水還是一般的水？一般的水，我說。

Wine Pair?我不喝，同伴說他要喝。

外場突然說林楷倫，你知道氣泡礦泉水、品牌礦泉水不用加錢嗎？

「那我改氣泡礦泉水。」我回。

「就知道你摳。」巧巧連面子都不給我說。

上完廁所洗好手，我下樓與夫夫主廚Say Hi。

六點了，開餐時間已到，應該滿場的客人，卻只有我們兩位。

第一道菜小點三品。

一口一個，一口茶。

兩杯酒，我早就知道會有一杯主廚招待。

第二道熱前菜，蝦。

切成兩半，一半原味，一半沾醬。

點頭閉眼，是好吃。好吃吧？我多問。

這價位可以吧？男人間對話總是會提一下錢。讓兩人腦中的ＣＰ值喚醒。

講完冷場。

冷的不是這個包廂，而是這棟三層樓的建築。安靜無聲。

隔音太好嗎？我打開包廂的門。

理應滿場的客人，卻安安靜靜。

下樓一看，內外場都在，但沒有客人。擺好的餐具、餐巾，甚至是那些等待盛茶的茶杯，完好，卻像是蒙了灰塵好幾年了。

外面的黑板有寫今日客滿，預約制不接散客。

偶爾會有幾個路過的民眾（散步啊，騎車經過啊）進來問這家餐廳在做啥？有幾次還有人來當場說為什麼訂不到位。

空蕩的空間，平常在廚房不斷輪放夫夫主廚愛聽的流行樂，突然變得很大聲。

我悄悄回樓上，卻在樓梯最後幾格跌倒，大聲叫了。

巧巧問說阿倫有怎樣嗎？她笑。

很痛。

下一道菜土魠丸子。

這土魠丸子，重量大概六十克，三顆，混一些香料（沒跟我說）。

上菜，一盤六顆。

「給我兩倍量，太多了吧，會虧錢耶。」我跟巧巧說。

她笑而不答，我們仍然聽不到一樓的聲音，毫無笑鬧。

下一道菜，份量正常。

但六顆丸子，讓我在主菜前就飽了。

土魠丸子不能冰吧，我想。

整套菜單與甜點都上完，喝了幾杯茶，夫夫主廚上來各桌巡巡（只有我一桌啦），聊起天來，同伴問一些看似很懂卻很蠢的問題。

「給六顆丸子是土魠不用錢嗎？」我問。

「怕你吃不夠啊。」他回。

你以為這裡是鹽酥雞攤買雞排送米血咧？我回。

他說 no show 那些東西不丟掉明天也是員工餐。

今天 no show 十八個人。備好五十四顆土魠丸子，還有退冰的牛肉雞肉。食材成本占餐廳營運成本的三成，為了因應 no show，夫夫收了等同於餐費一半的訂金。

外場喚了主廚「老闆」。

外場知道整場都熟知主廚是老闆，而不單是主廚。整場也只有我跟他們。

他下樓接應了那組沒來的客人。

「我們外場打了好幾通電話，全都沒回應，為什麼要退你訂金？」夫夫說。

「十八個人七萬二耶，拜託又不是因為什麼，因為我爸車壞掉啊。」那位年輕小姐說。

「不行，你車壞掉關我什麼事，小姐請回。」

「你這樣還說什麼以客為上，啥小爛店啦。七萬二給你們買藥啦。」

我想說……

「好吃嗎？」那小姐問我。

我開嘴無回話。

我結了帳，往廚房走去，土魠魚頭魚骨、蝦肉、豬肉煎熟的半成品都變成廚餘。

廚助刷起煎臺，洗碗機放了許多茶杯，連喝都還沒喝的茶杯。

那位年輕女子鬧了一陣子後，語調放軟可以換酒嗎？

鬧久，夫夫也給了。

七瓶。

「下次見喔。」巧巧拿出訓練有素的老套腔調回應。

一拉開廚房的門，夫夫幾聲幹，廚房的同仁也一起罵。

我無能回話。

隔天評論上寫無良店家，無視客人，高額訂金無法退回，只拿回七罐破酒。

又隔天複製貼上在某家新聞輪播，聳動標題，新聞內容卻是一臺賓士車雨刷壞掉的照片與那名女子的抱怨言論。

幾個月後，同伴問我X餐廳還有新菜單嗎？想叫我去訂位。

我說要下個月了，先給我訂金再說。隔天去餐廳，中午備料無人的餐廳。我跟夫夫主廚說要訂位。

他打開ipad的訂位系統，然後說你要哪天，今天晚上也行喔。
臉書上寫著隨時都可以訂位。
已不再是搶先看搶位置了。

空班時不睡覺，打傳說

「阿倫那麼爽，才幾點就要下班。哪像我還要做到晚上。」僑仔打著電動對我說。他常說下班回家就只剩下睡覺。其實我也一樣，從入魚市凌晨工作到下午回家，一天十四個小時工作不間斷，有時還十六個小時。我問僑仔幾點上班，他說九點，下班呢？好運的話晚上十一點。他十二點到家，弄一弄兩點睡覺。我都笑僑仔不如直接來幫我上班好了。僑仔的經濟壓力很重，剛出生的孩子、房租，還有自己的菸錢。我喊累，他也跟著喊累。

「回家要幹嘛？」他問。

「睡午覺。」我回。

那麼爽他說。僑仔是諾亞的副主廚，諾亞的S餐廳對外是一片大面積落地窗，貼上昏黑的隔熱紙，仍然可以看到裡頭的裝潢，古銅的桌面鑲邊，如同鮭魚卵串的吊燈與桌面的假燭火。我轉身一看，典雅非常適合約會的桌子已躺了幾名員工。三張椅子併起來變一張床，吧檯承重四十公斤只有瘦子能睡，最好的午覺位置是包廂內的六人桌。為了那張可以完全躺平的桌子，空班也得排班，排班睡覺。

「你可以睡啊。」我對僑仔說。

「哪能，我可是要解救地球解救隊友的人。」他叼著菸笑。

兩點半，空班時間一到碗洗好、也備好晚上餐期的料，開放式廚房的玻璃乾淨淨紙簾拉上一半，遮蓋內場累得要命的臉，他們只期望外面客人不要口說要走了，卻又要求多倒一杯水，只期望快點結帳，不要結帳完還要上廁所。半遮的紙簾，從廚房仍然可以看到客人，但客人看不到廚房內。

當開放式的廚房不再開放，便是休息時刻。廚房沒有地方可以躺下，S餐廳廚房外是客人的停車場，不能在那裡抽菸，影響廚師的形象。有菸癮的廚師敲打白鐵檯面、拿棕刷狂刷鐵板，是菸癮犯了，像是學生等待遲不下課的老師講完。我常在空班前抵達，這是貨商的禮貌，這是貨商與餐廳的默契。送貨穿著隨便的我會影響一群穿白淨廚師服的廚助、領班、副廚的專業樣貌，穿黑色的諾亞一旁不苟言笑。

「如果在出餐時送貨來，請不要進來廚房，放外面通道。」諾亞說。

廚房是表演的舞臺。

加熱燈是Spotlight。

菜單喊聲是歌，煎炒是舞，連開個罐頭也像是個儀式。

貨商在出餐期間到來，被客人看到，那景況像是舞臺上的黑影人，不小心露出了紅色內褲，或是看電影時不小心看到穿幫的攝影機般，略為出戲。更何況我是送魚的人，魚的血腥魚的味道在繁忙的廚房內，廚師不會在意，會在意的人是客人，客人會說唉唷沒有衛生，生食路過熟食會被感染。

這裡全是諾亞的龜毛，而我學起來當送貨仔的貼心祕訣。

只是因為附近沒有車位，只是因為還要等半小時，如果我提早進去，不用等諾亞，僑仔會先揮手叫我走，等等空班再來。

「囉嗦耶那些客人大哥大姐聊那麼久。」一群男人站在洗碗區，將手機打橫。

「開好了沒？」「來一場啦。」誰打上路、誰下路、又誰中路，沒事打傳說，打的位置也像是遊戲裡安排的任務。誰 carry 誰，又誰拖累誰。

「靠，很雷耶，叫你不要再追了，只想要拿 triple kill，多打一下被包死，跑來救你我也跟著死。媽的，跟你今天煎過頭的牛排一樣。」

「唉唷，玩傳說對決還像做人跟做菜喔。」我沒玩過傳說，根本分不出傳說對決與同類型手遊的差別，卻在一旁插嘴，只是想加入群體而已。

「阿倫不懂別吵啦，你整天在那裡說賣魚像做人。連遊戲不同都分不出來，唉，玩遊戲不能像煎牛排，誰要三分誰要五分，我們這組餐廳人馬就是有一致性，默契默契。」僑仔說完，大喊一聲團結。

「團結。」眾人喊。

「去旁邊魚之占卜。」「啊就偽魚販最會寫。」被眾人嘲諷，這我倒是習慣了。

我可以把貨放下就走，但諾亞說最近要換菜，只能等諾亞來，只能等僑仔這副廚與阿傑這些比較有才華的廚助打完電動，有空再來問想換什麼海鮮。男人有幾個時刻不能吵，一個是伴侶打電話來，另一個則是組隊打電動時。

他們說在洗碗區打傳說，每次都輸，怪風水不好，總說少了些什麼。少的是自由滋味，少的是叼在嘴裡的菸，像是囚禁洗碗區放風的犯人，贏了不能大叫，輸了不能大罵隊友。悶死了。

等到外場拿最後那幾個餐盤時，他們才放鬆。但會先停一兩場，幹嘛？幫忙洗碗呀。

等到這群男人從送貨出入口走出店外時，顧客的停車場沒有車輛，他們開始抽菸，打屁，說今天股票漲還跌，漲組隊打電動，跌也組隊打電動。早上九點做到下午兩點，下午四點半又得做到晚上十一點半。我問他們不累嗎？

「累啊，累能怎樣？」僑仔說。

「補眠啊。」

「靠，補什麼眠，回家補就好。上班是軍隊，是監獄。空班這種自由時間，阿倫你不懂啦。」僑仔說。但其實我懂，這像是太太把孩子哄睡後，仍在無光的房間裡看沒有意義的搞笑影片兩個小時。

諾亞的餐廳有時我真覺得像是軍隊。但這就是老派的餐飲管理，不合理的薪資與討人厭的兩頭班，早期可以手打腳踹罵人祖宗十八代，現在只能用摔盤子摔鍋子來柔性勸導。在入職前，諾亞都會說他以前怎樣，不只是諾亞，連軟哥也會說以往的教育多麼辛苦。他們這些老闆怎麼活過來的，下面的員工就得怎麼死過去。

空班的時間沒有人管，要去抽菸要回家逛街，甚至偷情都無人過問。但兩個小時半，要煮頓員工餐得二十分鐘，吃飯二十分鐘，抽菸十五分鐘，有其他時間做其他事情嗎？睡之外，只剩打電動了。

我想求學時做什麼事情最爽，趴下午睡偷看各種漫畫，或許是那種感覺使得這群男人捨不得睡。占到了最大的桌子，相約坐在那打起一場又一場的戰爭。

我沒玩那遊戲，卻待在一旁聽他們嘶吼，我下載了那遊戲，問僑仔怎麼玩。

「阿倫讓一邊啦，自己先去練一練。」他說。而我打的主意是能加入他們的隊伍當中，自然不會被踢走。但要玩多久才能加入那群男人呢？不是今天。

所以，走出包廂，不玩遊戲的外場與女廚師們躺在桌子椅子合併成的床。安靜死寂，疲憊與其恢復的呼吸。偶爾從包廂流洩出的髒話，是群貪玩幼稚的男人，打得最差的必須收拾員工餐的廚餘，在四點半時叫醒大家。

我等到四點半他們仍然沒有跟我說下季菜單要出什麼。妻子打來說怎還不回家時，一旁的電動與男人叫囂聲讓我怎樣也不能說謊。在諾亞哥的S餐廳啦，我回。

「你不累喔。」妻子說。我從早上三點出門做到現在確實很累。

回家之後，打了幾場，我分不出上下中路，只能理解當坦克要幹嘛，更別提carry他人我一概不知。但有贏了幾場，我以為這樣就能加僑仔他們好友，在叫貨的Line群組問大家的ＩＤ，每個人都乖乖交出來，因為老闆也在這個群組。

上頭的公告寫著雖然跟阿倫熟，但對貨商不能沒禮貌。

我加了所有人的ＩＤ，加入了幾場他們玩的遊戲，當一個自以為厲害的拖油瓶。一場一場過去，我私訊問還要玩嗎？沒人回答。在Line的群組中大家一致說他們要睡了，他們的戰友之一退出群組。我問退出群組的人去哪？其實不用問也知道辭職了。

「那個人去天堂。」僑仔說。天堂是百貨公司的上市連鎖餐廳，聽說薪資很好福利很多，做久了還能月休十天。這群戰友也曾想過要不要一起走或一起留，但沒有一起共生死的義氣，則是一個離職接一個。

老闆常說現在的小朋友不一樣，哪像以前一天做十六個小時還不吭聲。連空班也要嫌說卡到薪水，空班不休息整天打遊戲憑什麼要福利。

「要幹嘛，是他們的自由啦，我知道，唉唷要為餐廳想……」每家餐廳老闆的碎念都是複製貼上，不管年輕與否，當了老闆之後是個老字。這家餐廳留下的人都是最老最老的員工。老員工為什麼留下，不是因為遊戲必須組團，而是這家餐廳像是他們遊戲的成果。

後來，上路走了，下路離職，只剩下兩個在撐，撐著這家餐廳。僑仔總在空班與那人共同開啟遊戲，一同等待陌生隊友的來臨。我問他那些離職的人呢？僑仔說誰知道，可能其他餐廳沒有空班吧。

空班是自由的。回家找不到任何人組團，家裡有兒女的廚師，下班時兒女伴侶已睡。在深夜裡，我趁全家都睡時，打開傳說，敲了上面還在線的僑仔。

「還不睡？要來一場嗎？」我問。

「靠，你那麼遜，不要了。」他說完下線。

我仍然拖累著那些陌生玩家。半小時後，僑仔傳了當日貨單。後來幾天，我都在那時上線，僑仔沒有上線。我私訊他為何不玩了，他說沒有不玩。

早上玩膩了。他說。

空班時不睡覺，打傳說，是喘息，累也沒差，那都是真正的自由吧。

辭職理由：幣幣賺夠了

二〇二〇年三月，那是第一波新冠肺炎帶給餐廳的寒冬。S餐廳午班一點便空班，那時諾亞還沒想到如何添補疫情的生意空缺。太早沒事，廚助阿傑盯著手機、僑仔也盯著手機，他們兩個沒打傳說，問我要不要投資，那年長榮股票航海王還沒啟航。他們說玩幣，他們是幣圈的人，問要不要加入敝圈。哪種幣，才不是比特幣呢，而是我沒聽過的幣，問有沒有保障，他們說有啊，正要說有什麼保障時，一瞬間漲了10％，他們拍手。我問他們這樣賺多少，他們還沒算來，我又問投了多少，他們說三千。

美金？

不，臺幣。

10％等於三百。但帶來的爽感不只三百。我跟他們說要注意風險。他們回，他們一個月三千定期定額，玩長期的沒有風險。開了戶頭的投資明細，各種幣都來一點，這叫做分散投資。比特幣有投，微乎其微。

「為什麼不投最大的比特幣或以太呢？」我只聽過這兩個。

「因為幣值貴呀，誰要買貴的東西，便宜的漲起來才暴利啊。阿倫，你有沒有買過股票，兩三百的臺積電跟聯電你買誰？」

「我沒買，但我不會買聯電。」可惡，當時居然沒買臺積電，我笨。

「當然買聯電啊，便宜買得多才爽。」阿傑說。我笑，其實買哪家都不一定，但不是便宜的好。阿傑把我手機拿過去，打開app store，把我的手借過去刷一下指紋，下載買幣軟體。

「去註冊，這樣你也變成幣（敝）圈的人了。」

那時我與諾亞討論的話題全是軟哥的大人學，軟哥在社團裡不斷地說如何將政府的防疫貸款貸起來，貸起來持續擴張。

與廚師們討論的是套牢的股票，是快快起飛的虛擬貨幣，還有你家有沒有多的酒精與口罩。員工們不是不管餐廳的生意，生意太差他們也會被裁員。我們真的以為疫情就這樣。暫時性地輕鬆幾個月也好。

阿傑推坑僑仔，也介紹諾亞進入幣圈，但諾亞老闆喜歡開店，嫌幣圈的風險太高。餐飲業開店百分之七十首年倒閉（還不是疫情時期，疫情時期新開的直接倒閉），百分之二十在三年內倒閉，百分之五撐五年十年，最後的百分之五活了下來。什麼叫風險，我也搞不懂。阿傑只是想給老闆一個娛樂一個刺激，一個爽爽賺錢的方法，老闆只回阿傑你可以保證不賠嗎？賠的算你的喔。

老闆貸了紓困貸款，用以支付新店的人力薪水。阿傑也貸了，用以投入自己的幣圈事業。

六、七月防疫鬆綁，依舊要戴口罩量體溫，但本來怕死的臺灣人，隨著臺灣疫情趨緩，又不怕死了。阿傑跟僑仔的空班又不空了，備兩三倍的料便忙得要死，有人兩點訂一大堆便當。空班只剩一半，只剩一個小時能休息吃飯睡覺看漲跌，時間哪夠用。一半的空班也沒有加薪。諾亞抱怨說三四五月你們休太爽了，空班時間趁這時補回來。阿傑對老闆說這樣不行啦，我要去找勞工局。

一半是玩笑，一半真。諾亞想到防疫紓困貸款，辯說你們是責任制不要搞些有的沒的。

「好啦，剛剛沒做完的備料晚點再做。」講得像是恩惠。

僑仔跟阿傑直說要丟辭職書去跑外送也好。

隔幾天，老闆又多請了兩個幫忙備料。空班的時間恢復正常。

我覺得阿傑只是隨口抱怨，為什麼我這麼覺得？遇到阿傑他只會跟我說ㄟㄟ我的幣又漲多少了。他的幣隨比特幣一同起伏，三月低潮一波，接下來噴了一次又一次。他第一次投的三千已變六千，比大富翁電玩的股票還好玩，像是紅卡不斷出。他炫耀起他的投資績效，三倍，還說剛扣款還影響績效了。一個月不只三千，投了更多，跟別人借去紓困等等。

講完切起洋蔥，沒有流淚只有笑，笑著說這個月靠虛擬貨幣的升值就贏過薪水好幾倍。

這樣的阿傑會不會覺得工作無聊？當然不會，工作是本錢，是投資的本錢。賺三倍是欣喜，五倍是爽到翻天，十倍則是如同初戀告白成功時的欣喜無限輪迴。他將騎了二十年的迪爵換成偉士牌，還買了幾把從日本進口的刀。阿傑只是層級最低的廚助，卻什麼都換得比主廚好了。跟他一起投資的僑仔，就沒那個膽了，有家庭的僑仔，一個月只能動用一點點錢只有定期定額幾次就中斷了，三千翻了十倍變成三萬，看阿傑這樣賺，誰不會嫉妒。

「工作啦工作啦想那麼多幹嘛？」僑仔說。

短暫鬆綁的疫情，直至隔年三、四月開始爆發。政府沒有明說禁止內用，三級警戒也沒人敢內用。廚房開始刪減人力，本來廚房愛用的雙頭班，變成單頭班，就是一天選一班午班或晚班。要不開始放無薪假，留職停薪。但餐飲業留職停薪有差嗎？廚師帶著一套刀具，外場帶著一套接待思想，哪邊薪水高哪邊應徵。諾亞說人太多了，走也沒差。

有餐廳賣起便當，有餐廳直接關門。

以前阿傑九點到餐廳接貨備料，僑仔十點到，誰叫阿傑菜。疫情爆發之後，人回家吃自己的回去吃自己，餐廳留幾個人每天切便當菜。洋蔥、高麗菜、排骨、雞腿、五花肉。義式雞腿、法式排骨，我不懂爌肉為何還能有噱頭，慢燉阿嬤三層肉，這標題我嚇到，是燉阿嬤嗎？這樣比較好懂啦，想菜名的阿傑說。以前死不接Uber Eats、foodpanda的餐廳反過來都接了，阿傑跟僑仔聽著那臺接單用的ipad逼逼地響，內場只有他們兩人與外場一個包便當的，累到軟腳比以前還累。

做到四月底，阿傑辭職。走之前跟我說倫ㄟ我不做了啦。我以為是太累了，他才不想做。他說他比特幣賺爆了。他說買入長榮，一生光榮，買到陽明，處處光明，買進萬海，只有噱海。他買在飆漲前，他笑，笑說期貨槓桿開好開滿。

辭職的阿傑，不像是豪賭，是一臉投資天才成功人士。

我問他航運股之外，還有沒有什麼名牌。他笑而不答說自己是巴菲特，加他IG去跟單。IG的照片是狗狗幣的那隻柴犬照，有夠幽默，我點下追蹤，他卻沒有答應。

五月，我生意銳減。我買入了幾張長榮，搭上那班股價狂飆的船隻。我忽然能體會到為何可以不要工作，我也沉溺於此。誰要留戀累得要死卻只有三萬多元的薪水。

到了九月，股票崩跌，我的長榮落海，我忽然體會到為何要繼續工作，但我已難以沉溺於工作之中，留戀那紅綠漲跌來回幾萬的挫折與欣喜之中。阿傑離職後，我跟他沒有聯絡，我卻在股票觀察名單中見到幾支漲停板時，會想起他，想到他有沒有買這支股票，而我卻沒有買。

我希望他永遠是倖存者偏差裡頭的偏差倖存者。而我回到中間值，只敢投資定期定額指數型的中間值。

我問僑仔，阿傑去哪了，他也不知道。我問他當初與阿傑一起定期定額的虛擬貨幣呢？僑仔沒轉到比特幣裡，我一問他才想起，打開虛擬貨幣的 app，關掉澳門線上賭場開幕的廣告。那幣已毫無價值，-99.9999%，僑仔好險只有幾千元，我想。

「啊好慘啊，好險一定有更傻的人比我還慘。」他大笑。而轉看阿傑應該還有的那些虛擬貨幣，依舊高檔。

每次買入都是種期待，都是種夢想。

期待越大，夢想越大，他已經不能待在這個小小的廚房。

僑仔跟老闆拿了阿傑的離職書，阿傑寫了很罐頭的離職原因。

最後幾個大字，描了又描，像是偏激的分手信。

我他媽股神，我賺夠了。後面寫了幾個數字送給諾亞老闆，我一查是二〇二一年的ＩＣ設計股票代號。

阿傑靠投資賺的那幾把廚刀，還有用嗎？還是又漲了幾番賣掉了呢？

二〇二〇年三月，沒有客人的中午，廚房關上了燈，我送了兩斤小蛤，阿傑收貨問我賺多少，兩斤賺十五元，他說我這種錢賺個毛啊。沒有繼續跟我聊天，蹲在洗碗機旁，看著手機。當他臉反射著紅光跳動閃爍，已是滿滿的期待，已是離開的預謀。

當了好久的倖存者，他會活得好好的，不單倖存。

疫情廚房

二〇二〇年，新冠疫情剛開始。餐廳常問我其他餐廳的生意如何。大家都心知肚明，臺灣人很怕死，怎會出門。三月、四月，以往是淡季，大部分的餐廳老闆也不敢斷言這是新冠的影響。臺中幾例、臺北幾例，百位數以下大家緊張得要命。

「過幾個月習慣了之後，客人他們就會來了。忍不了那麼久。忍太久吃什麼也都覺得好吃。」我說。

日子到了六月，政府防疫鬆綁，大家的生意忽然好起來。我們都樂觀地認為臺灣會安心地度過這波。叫貨不怕貨量，囤貨不怕冰箱小，擴點的擴點，徵人的徵人。廚師老闆與我都互相問著，為什麼生意變這麼旺，每家都是。振興券救得了多久，我們不禁揣想，三千六能怎麼花。各家餐廳如何將客人手中三千振興券拿到手？隨便想也有幾個方法，畢竟臺灣人特愛優惠，優惠一出，必然見血，排隊到見血。一千振興券送一顆蛋糕加一份薯條，旁邊還有個小小的括號（價值五百二），看起來這樣的優惠有點賠本，但看似賠本都會賺更多。

當時沒人知道這波會多久，「搞得像是最後的晚餐喔。」我白目地對軟哥說。「顧客忍太久啦，也得鬆一下。大業要成功，怎能輸給這小小病毒。」做出大優惠的軟哥說，言外之意還有員工閒太久了，訓練一下也好。

那時，大家設想每一種可能，卻沒有人敢想疫情如果爆炸會怎樣。沒人敢說。有些星級餐廳生意差別超多，差在使用信用卡白金祕書訂位的外國旅客。其他訂位訂滿的餐廳，吃國內客的，根本沒有影響好嗎。那幾個月，軟哥的餐廳比疫情前還忙，空班只空一半，一小時的休息時間，吃飯睡覺打電動，每個員工搞得跟國小生中午休息沒兩樣。

不惜成本給客人優惠，軟哥的餐廳總是滿座。他本人信奉食神裡頭一句臺詞：

「椅子要多窄有多窄、吸管要多粗有多粗、冰塊要多大有多大、薯條炸多老有多老、讓小鬼們要多渴有多渴。」但他只做一半，很粗的吸管很甜的飲料（不能調甜度，他可不是開飲料店的），薯條炸得剛好鹽也剛好，只是在上面的那坨醬料比較鹹一些。他說這是薯條與飲料的正向循環，錢錢的無限迴圈。沒有窄小的椅子，但有巨大的落地窗，落地窗的隔熱紙從裡頭看得到外面，外面只看得到一片黑。這樣設計，會讓外面的人想看裡面有多少人，裡面的人被觀看也看著外面排隊的人會緊張一點吃快一點。當然有人十分不貼心，死坐著不走，外場會說用餐只有九十分鐘喔，在六十五分鐘的時候刻意提醒。

軟哥最愛看快速翻桌，這樣才有錢賺。

榮景到何時，正好到振興券已沒幾個人用的時候，正好到軟哥換了張布條寫著：「最後衝刺，此時不換待何時，有振興券每天讓你過生日。」依舊是送蛋糕的老把戲。舊客人不會吃這套，新客人看臉書分享外掛google評論便來排隊。舊客人不來才沒有關係，軟哥計算給我看，他說臺中市百萬人，會出來吃飯的五六十萬，他這家一餐期能容納五十個人，就算這些全部都新客，還要輪好幾年。說起生意經，他跟別人真的很不一樣。我交的餐廳都希望有高度的熟客率，軟哥才不理這套。熟客要求品質、要求每次來吃都得穩定又有驚喜，世界上沒這種兩全其美的事。生客呢，生客要的是好玩好拍食物好吃，不用到驚人的美味，只要客人的五感都被滿足了，便是家好餐廳。軟哥舉了好幾家餐廳的例子，那些例子都是中低價位的餐廳，而他的餐廳較貴，部落客都會拿CP值來說嘴。軟哥證明自己CP值很高的方法是把所有食材都用得很大，便宜的食材用得很大讓人覺得划算，貴的食材故意印出一張證書來證明產地，顯得嬌貴，並且將食材都寫上故事，好讓傳播的人好好傳播。他是如此用心經營。

「邪魔歪道、旁門左道。」餐飲同業都如此說他。

承認吧，大家都是嫉妒，大家也都把彼此當成敵人。

「人前兄弟，人後插刀，他們對我說三道四，我沒差啊，因為我說他們的更多。」軟哥回。軟哥在疫情趨緩的蛋糕作戰，太過成功，也太削毛利。他說沒幾個人跟得上這樣的賭局，既然沒有人上賭局，那就他獨贏吧。成功學的道路，他學到如何寡占之後，再與同行分享經驗。分享什麼？分享已經過季不能復刻的經驗。

讓客人每天過生日，是因為不知道客人隔天會不會染疫，再隔天會不會死去，每天都像重生。所以折扣優惠不用省，今朝有酒今朝醉，軟哥如此想，餐廳也得如此氛圍。客人拿到一個蛋糕，眾人多點幾杯酒水，蛋糕的成本就回來了。酒類買二送一，醉了多喝些，優惠也賺回來了。

此時不賺待何時。說不定這些餐食都是最後的一餐。

「哪那麼誇張。」我回。

「誰知道會出什麼問題，你看某家便當店被查一下當場歇業，我的餐廳不會有這問題，但誰知道呢？各種理由都會讓餐廳再見，老闆娘婚外情、或是送來的牛肉太便宜卻不是牛肉呀，更常見的是惹到鄰居，鄰居說你吵說你臭，把店門前的停車格叫警察來畫紅線。せ，阿倫這樣店就會倒耶，倒店的理由超多超怪。既然隨時都有可能倒，不如我的餐廳時時掛出老闆跑路俗到脫褲的家具行大拍賣。」他回。

「那是哪樣？」

「看似優惠，其實不是優惠。優惠早先算好了。誰知道疫情何時再來，先賺起來再說。」他說完這些，又跟我嘴前員工阿球都抄襲他的方法。

「打卡按讚給五星，我呸，這我早用過了。」軟哥說。

過幾個月三級擬封城。他是做便當的先驅，軟哥先做起便當，大家一起學。便當裡頭有一塊小蛋糕。悶在熱菜裡的蛋糕，吸滿了水並不好吃。「那只是假裝高級而已。」蛋糕這招用久了客人也膩，送蛋糕行動在此失敗。

停送蛋糕，卻被罵說為何沒有蛋糕。優惠久了變成常態，便不是優惠了。

三級警戒，沒人敢出來吃飯。軟哥的餐廳空空蕩蕩，掛在店門口的布條曬得褪色，他的員工解僱到只剩下基本人力，完全遵守對他人仁慈便是對自己殘忍的原則。餐飲是靠人的行業，我跟軟哥這樣說。

「問題在於人到處都有。等有客人來時，我自然會聘人，跟搶生意一樣，誰敢花錢誰大爺，薪水高點自然有人會來。」軟哥如此回，這種道理我當然懂，因為他也是這樣向我殺價，刻意坐在外場把Excel打開，紅字特別明顯。我知道他的餐廳不會這樣倒閉，因為他意氣風發時讓我看過盈餘。他只是想殺價，我配合他。差個幾塊不會死，我這樣想。

但我忘記人會食髓知味，給的優惠久了變成習慣。

又一次疫情趨緩，我們都希望疫情不要復萌。軟哥一樣做出誇張的行銷，這次不是蛋糕，這次是薯條。他解僱的員工又回鍋做，找了更多的新人，實踐他到處都是人的理論，只有不對的價格，沒有請不到的員工。我懷疑他每天看內容農場的商人語錄。而我內心是排斥這樣的商道，但我不明說。生意太好有錯嗎？他說得激動，我等他自問自答，安靜無聲幾秒。

「有錯，錯的人不是你。認為你有錯的都是眼紅酸葡萄。」我說。

我知道他人的嫉妒亦是眼紅，都是受不了他如此愛好網美餐廳這類稱號，但餐廳不就是讓人歡快地求個溫飽嗎？美不美紅不紅這種問題跟廚藝好不好服務貼不貼心類同。我不敢承認這點，因為說一家餐廳很美味不會是酸，說一家餐廳的裝潢很適合拍照，酸得要死。

我不敢承認，我們口中說軟哥的墮落，只是我們毫無勇氣去做，只好說那是墮落，去承認賺錢的公式對消費者更哈腰一些與自尊毫無關聯。不是每個人都想賺大錢，這點我懂。但我好常說那些刻意迎合消費者的餐廳，很無聊，更簡化成說他們是網美網紅店。

網美網紅店意思是食物拿來拍照，不是拿來吃的。將食物做得好像很有趣，對廚師而言反而無趣。

「生活七成，不，八成是無趣的，剩下兩成要怎麼有趣？」那是軟哥的語錄。他的餐廳很有趣，食物無趣一些也沒有關係，而我這個供應商是離開他家餐廳的供應鏈後，才醒來。我賺的不是理念，而是錢，充滿油脂皮屑的錢來自無聊的生活七八成，也來自廚師創造的那幾%的有趣人生。賺錢，不就那回事，還有什麼高低呢？

周休三天

「現在跟疫情之前不一樣啦。」

「缺工喔？」我回。「疫情後，當然缺工呀。疫情時你們沒有生意就裁員，要不留職停薪。那時，誰要留在這產業，沒錢賺等死喔。」

我失言了，還在懊悔幹嘛教訓阿維時，「知道了啦。」他回。

沒有人調查過在疫情期間，廚助跑Uber Eats、foodpanda的有多高比例。

至少四成。

也一定沒有人調查過這四成的人，有多少還回到餐飲業。

只有一半。

一場疫情，臺灣的高端餐飲廚房少了兩成的基礎人力。

都是疫情害的，如果原因這麼簡單就好了。

在疫情時，阿維的餐廳遷址裝潢，躲過疫情最艱困的時刻，他沒有裁員也沒有留職停薪。剛裝潢好的新店，得面對的是疫情慢慢趨緩，客人尚未回流，他囉嗦幾次沒有客人。新的店面空間更大，沒有客人看起來更冷清，舊店面的廚房只有三坪大，擠進三名內場也十分擁擠，新店面的廚房大上兩倍，依舊三名內場卻看來十分孤單。他在臉書上放徵人廣告，內外場都要，但沒有客人如何撐起人事成本。

成本成本成本成本，很重要沒錯，錢都砸下去了，這一點點人力成本算什麼。不能害怕輸得難看，只怕有領先契機時沒有打者。每間餐廳徵人的時候都這麼想。還有個想法是用低廉的薪水請到最好的人才，用最低廉的薪水請到能用的人才，在低廉薪水前面最好與可用的等級差異只有一些些。

有些餐廳開時薪，有些餐廳開月薪，餐廳的工作往往是兩頭班合計十小時工時，在餐廳待十二個小時，只有十小時的薪水。時薪開得高，但算起來跟麥當勞差不多，月薪開得高，算起來也是個超商店員的薪水罷了。先不講餐飲業從業人員的夢，我很常跟廚師說他們的薪水與他們的技術不成比例，其實這錯了，麥當勞、超商店員的技術都與他們的薪水不成比例，沒有一個人的時間與勞力是貴於另一個人，我們都是被計算的一群人。但，我們如何理性選擇工作，我們都以為我們是理性選擇，但，大多數的人，都跟我一樣做得順順的幹嘛換。

所以，疫情時跑去接外賣單的廚助、廚師們，跑車跑得好好的幹嘛換，薪水也沒差多少呀。也有更努力賺錢的廚師，機車後座就放著外送箱。就因為廚師的薪水並沒有高到可以留人下來，轉職率高到嚇人，在後疫情時期，餐飲業復甦超快，畢竟臺灣人愛吃也愛排隊。後疫情時期剛開始大家還在遲疑觀望，有一段時間不用排隊，我狂吃，後來大家察覺了，排隊搶訂如同餓鬼，更像是蒼蠅搶生肉。剛從留職停薪回鍋的廚師，或是習慣閒散時光的廚師們，開始思考自己的薪水到底值不值得，在臺灣的初階廚師興起一波人生思索的課程，這課程的結束便是離職。

原本不回來的就占兩成了，離職的又占一成。從餐飲科畢業的學生呢？喔，拜託現在流行先創業好不好，創什麼業，在家煮餐當外送業的供應商。

缺工，所以開始加薪。我聽過修修說他家餐廳晚一個月就職的廚師起薪多三千還外加獎金，他剛好是晚來的那個。缺工，所以變得更有人權，雙頭班變成可以協商，假期不強迫加班，不會強硬要求將正常休假變成特休，再將特休換錢。

「唉唷，又不是沒當過廚助，我都搞不懂這些主廚怎都不會對底下的人好一點，我們當廚助也是整天罵以前的老頭腦啊。」年輕的阿華說。

「換了位置換了腦袋咩。」我在旁邊一起罵，但我沒當過有員工的老闆，我當也一定是薪水精算師。

餐飲業的薪資環境似乎變好了許多，但只是變回正常化而已。

幾個月過去了，缺工依舊。

許多餐廳的粉絲專頁，放上自己的料理圖片不是為了招攬客人，而是徵才。寫了自己的餐廳有什麼優點，全都是職場文化的說詞。「我們很挑，我們挑你。」講得好像有選擇空間一樣，其實很少空間可以選擇，能用的人不就那些，不能用也得用。

阿華沒受這波缺工影響，他說疫情放假薪水照發，疫情緩和還加薪，順帶還多放寒暑假。我差點投履歷過去，但他說我連刀都拿不穩了，還求什麼職，我求的職是在他身旁聊天。在屏東的Akame Alex，也沒受影響，他說他本來就很照顧員工與族人，疫情最重要的是照顧這群家人。我腦中自己開了地圖炮，幻想這些沒受影響的都是體貼他人的餐廳。

然而，後疫情時期重新開張的阿維，求職放了好久好久，甚至還拉了幾次臉書的廣告，真的是跪著求人來，卻沒人來。每一季放上換新菜單的貼文，過幾天後又是徵才。不知是我曾按掉取消這類廣告，還是臉書自動幫我這刀拿不穩的魚販屏蔽，我很少看到那些廣告。

缺工依舊，那些餐廳的徵才文不曾停歇，他們何時才意會到已無人可徵，哪裡陷入困境，沒有人不懂。

困境只是困住，而非勒死，想掙脫必須找到支點，支點用以放鬆，找尋這些求職者想要的不只是錢，不單是夢，是更合理的工作環境。當我看到阿維的餐廳周休三日，我便知道他不會缺人。我不知道他是不是因為英國周休三日的實驗受到啟發。當老闆的他將員工的工時打了八折，但薪水沒打折，怎麼看都像傻子，而且怎可能像是英國的研究說的週休三日能提高工作效率。

「賺錢翻桌是效率，員工哪算資產。」這句話在以人為主要勞力的餐飲業像是準則。沒有餐廳像阿維一樣，周休三天。英國的研究顯示，企業的營收會因為周休三日而增高，我問阿維，他說最好咧少做就少賺。

離職率會降低，這點倒是真的，最近他臉書的貼文不常出現徵才了，周休三天也讓他把徵才的廣告撤下。

我跟他說他是業界前幾個，他逆風，逆著加薪卻工時不變或是讓工作量更多的風潮，像是先將橘子灌水再更大力壓榨的風潮。老一輩的廚師或是自認為老的廚師還說著自己以前多操，現在年輕人多爽，講得像是我受苦你也得受苦的老鼠迴圈。吃得苦中苦，方為人上人，那成為人上人的人呢？就不能跟新來的人們說怎樣才能繞過苦嗎？當然不能說出那些成功的捷徑，還得笑那些不讓人吃苦的前輩們敗壞風氣。

「時代變了啦。」阿維說。

「吼唷，現在什麼時代？員工很重要，我家還放寒暑假咧。」阿華說。

隔幾個月，阿維的女兒出生了，我問他周休三日是不是受兒女影響，他笑笑沒有說。他反而說起，會改成如此是既然都要上班十小時，既然我的員工都是可信任的專業，我們壓縮一天也無妨。以前阿維周休二日時的餐期為一周五天供應晚餐，周六日才供應午餐，現在改成四天都供應午晚餐。雖然員工上班的時間變少了，但可以供應的餐期卻變多了，我不得不拍手這太會算了吧。

餐期變多，員工並不會變累。廚房最累的是備料，一周五天的晚餐餐期，依舊是早上來備料，少一天備料多一天爽，阿維講出這點時，我便懂了他為何周休三天。

「理想的休假。」他說。

我依舊拿出無聊且不可能實現的求職笑話，我說周休四天我就去應徵，他則說他得開All day dining。

餐廳依舊是血汗餐廳，擠壓血汗也是有血有汗，休假是補滿血汗的紅藍水，有理想的休假，那理想的工作也近了些。

輯三　廚房之外・我與他們

米其林是什麼，那能吃嗎？

中午一點半，還沒吃午餐的我，在貨車上聽著米其林評鑑的直播。我會先猜測誰會得星，先在那幾名主廚的Line訊息欄打「恭喜得星」。第一年我猜中兩三家，訊息也發出兩三家。只不過穩定叫貨的只有凱主廚。他第一年得星，第二年升二星。凱的餐廳的魚獲往往特殊，也偶爾家常，例如一尾必須重達兩三公斤的白帶魚是家常、特殊的是花臉笛鯛、金目鯛、鱸麻，料理方法有淺煎魚捲、水煮魚、蒸。

第三年凱跟別人拿魚，有時還會來問我：「那種魚要怎麼煮？好用嗎？」

我有回答，但僅限於友情。但友情可以換成什麼錢嗎？

「在價格前，什麼都可以變成價格互換。」當我這樣想時，我又會跟自己說：

「他們也是做生意的。」

那年疫情升溫，米其林評鑑感覺也冷了些。前客戶仍然在榜上，但已經是「前」客戶，就沒那麼關注。甚至手機螢幕上只有股票價格的漲跌，就算手上有幾家餐廳就有幾家的可能，誰管什麼米其林，我想。

第一年凱得到米其林，我還興奮地跟妻子說我算是米其林魚販吧。

這幾年我變了，當生意只是生意。我仍然在餐廳的廚房跟主廚聊五四三的，港片、漫畫、童年回憶，偶爾開些老司機的車。送餐廳幾年，tray（盛物鐵盤）、misen（食材剩料）繞些西餐廚在說的用語，我也回oui，自嘲說要去廚房當水咖當廚助或洗碗工，老實說死也不要。講到什麼海鮮，就得聯想什麼煮法，不，最先想到的還是主廚你需要哪種價位的。澎湖海膽？左轉找日本貨；馬祖淡菜？要像西班牙的，就選小顆的。安康魚？臺灣只有兩公斤內的。紅喉？很貴喔。

當主廚還沒開口前，我先查好他餐廳套餐的價位。當主廚還沒開口前，他會以為我賺很多錢，一開口，也會說阿倫欠不欠人送魚呀。但，我沒說的是：「可惡啊，魚販只有一成的利潤。」我沒說的還有不知多久以前，就被磨光的熱情。

另一個主廚是這樣跟我說的：「用久了，習慣了，就繼續合作吧。」

另一個主廚是那樣跟我說的：「相挺啦，要不然每天在廚房喇低賽是喇假的。」

當臺中米其林，Sur-新上榜，我又成了米其林魚販。我想起他去年冬天的菜，煙燻午魚，干貝，蝦。

還有前不久吃的石老，蝦，與澎湖蚵的泡沫。

我嘴巴上說著賣魚都只是生意罷了，但嘴巴上留的餐點的味道，我還能記得一些什麼。

南方澳金目鯛的魚皮微炙，翹起的魚皮邊緣金黃，切開的魚肉白濁透色，是塊半生的魚。

屏東的鯊肉剁碎混合馬鈴薯的可樂餅，還有那鯊內臟的醬汁。臺灣鮑的脆口，又或是整尾一公斤的紅喉，外溢的油脂。

最好吃的是在他們備料時，多出的角料。

「ㄟ，楷倫你吃吃看。」他們的神情是得意的。那些時刻我就覺得值得。

感動很肉感，金錢很骨感。

當一公斤魚肉差十元五元，我會被拋棄。

不說這些了，太負面了，這樣沒有人想當餐廳批發的魚販了。

總有幾個會陪我一起的餐廳，很傻。我多想跟他們說給我些熱情好不好？

只不過平常一起喇低賽的主廚聽到這些也會尷尬吧。

中午十二點，出餐時期送貨切記快入快出，搬著保麗龍箱，搬貨的角度往我身上靠，這樣的角度讓貨物的水滴在我身上，而不是滴在餐廳的地板。倫ㄟ，你來了喔。我點個頭，給張貨單。「恭喜咧，秋喔。要不要送花圈？」我說，凱笑了。

「米其林魚販捏。」他說。魚販若有評鑑，我會得獎嗎？不會吧，我那麼懶惰，如果有，我一定會更認真一點當個魚販。

「拜託，早就。米其林是什麼，輪胎啦，那能當飯吃嗎？」

得星之後

我認識的得星、得盤的主廚們都跟我說得星又如何，也得過工作生活，平常心啦。

「平常心，超難的好不好。」凱說。

先不說心這塊，先說如何維持平常生活。一得星，沒日沒夜關注粉絲專頁，整天響個不停的私訊。一不小心忘記改掉電話訂位，沒有顯示姓名的電話一通又一通，不熟的朋友像是約派對，舉辦一場訂位派對。急急忙忙改成網路統一時段訂位，要收訂金，又會有人說：「得星了不起喔。」也是有人能找到主廚的私人電話，深夜打來比詐騙集團更恐怖。能找得到私人電話，不免攀親帶故。

連我這個供應商，也偶爾被攀一下，我會幫親友們問，但往往吃軟釘子。得星的主廚要不要接受採訪，誰的採訪，變成藝術，深怕自己一不小心掉入標題黨的陷阱或是如何養出米其林主廚的孩子這類文章，誰能預料得到未來如何養成廚師。三十年前，能預料到現在的廚師養成要飛出國，要如何土得有潮味，這誰都沒有想到，但不就如此嗎？得星之後，顯得什麼都不平常了。

每季菜單一定被放大檢視，凱主廚自己先顯微檢視。

「做自己很難耶。有時想寫自己想寫的，都不敢寫。」我跟凱主廚嘆氣說。

「哪有難，是多難。迎合大眾或不迎合都是你自己決定，迎合的是你自己，不迎合的也是你自己。少在那裡牽拖。」他說。

他那季菜單依舊維持他的風格，也很平常地聯想會受到什麼批評：沒有突破、沒有新花招。一家餐廳開兩三年，得了星之後像是開了三、四十年，每季菜單都沒重複，卻得被放大檢視，必須每季菜單得像是重生。誇張一點的食客還會評論主廚的生命經驗與料理之間，是不是素材耗盡，該去進修了吧。

每季換菜單的平常是不斷進步的平常，不斷相信自己進步的平常。

就算還沒得星的餐廳，也會如此被要求品質。當成得米其林之後的後遺症說不過去，我更想說的是有星無星壓力大小不一樣。得獎前，獎是目標，只管往上爬到頂點。得獎後，獎依舊是目標，維持自己在尖窄的頂點，那比往上爬還累。

「I don't care.」凱曾這樣回覆這類的問題。得星的阿華也曾這樣說。

他們口裡的不在乎客人、不在乎評論，並不是不在乎，而是將該在乎的做到最在乎的模樣了。

得星之後，哪敢多抱怨在星星的位置上多高多冷，尤其是一旁同行還沒得到星星肯定，還被搶走一些客人。得星的凱怎麼得罪人自己也不知道。得星跩了喔。得星了不起喔。沒有親耳聽到，也會幻聽。所以不敢訴苦或多想，只跟大家說不就每天都這樣過，Do my best。

久久沒叫貨的凱主廚電話一響，吵醒正要入眠的我。

我第一句話恭喜他再獲殊榮，第二句話是有急事嗎？怎麼不打Line。他罵了髒話，那是他的開語詞，熟的才會打電話，熟的才有髒話。

「幹嘛，要問啥魚，是不會問現在的魚商喔。」我說。

「屌了喔，林楷倫你出書得文學獎就可以這樣回喔，還不叫主廚。」

「Yes,chef!」我大聲喊，下一秒老婆轉身丟了枕頭，揮手叫我滾出去講電話，不要吵到孩子。

不自覺大聲地講話，講沒多久老婆出來瞪人，我才冷靜問凱主廚什麼事呀。

「你去看我們店的評論，唉，不用看那也不是重點。」主廚開始講起他前幾天發生的事情，在某些餐廳切蛋糕是額外要收費的，要不就是訂他們的蛋糕。他跟我解釋這道理，我立刻能懂。這是個祕密，禁帶外食，但能帶外面的蛋糕。

為什麼？因為壽星最大。

就算有明文規定，切外面的蛋糕得加價，客人也會說切蛋糕的價格太貴。「切個蛋糕也要錢。」客人如此說。該死的硬得要命的翻糖蛋糕，切壞過幾個就被罵過幾次。「ㄟㄟㄟ你怎把我的艾莎公主蛋糕砍頭了，會不會切啊。」切壞了可以賠錢了事，有些人要凹，又要搬出壽星最大那套。服務人員極力道歉，下一句叫你們經理來，就算道歉的人已經是經理了。

「天殺的真想聘一個長得夠像經理的人，專門用來道歉。」他說。

「我不是要diss客人。」他繼續說。當外場經理多加詢問切蛋糕要收費，且是以塊計費，價格明確地跟客人說。客人說好，雖然那句好的語氣聽起來就很不妙。怎樣也不能拿出計算機先算給客人看多少錢，應該要先拿出來算一算。當結帳時，客人開始講我不是計較錢，但這筆收費……

「那時，外場跑來問我啊，我說當然要收。」下一秒，客訴的主角換他，換成為何主廚沒來打招呼，我們這組客人吃了多少錢，主廚為什麼不打招呼。

「唉唷，平常心啦。」我說。

「靠北邊走咧，怎麼平常心。我這平常心，我的外場能平常心嗎？」後來，主廚將蛋糕免錢，這組客人看起來沒有生氣。隔幾天後，在評論上給了一星，開頭寫上長文注意，我很無聊算了算大概一千多字，不算長文。如實寫了由顧客至上的顧客眼光的長文。起初，餐廳的公關回了請多見諒請多包涵。

顧客追加評論，又是千字長文，示範如何在網路上跟大家說叫你經理出來。「八字想敷衍我，想冷處理？公關我看多了，我們可是吃了多少又多少。」十幾二十個人吃十五、六萬，以那家餐廳的價位差不多啦，沒特別多也不算特別少。

看完第二則千字長文，我打了呵欠。點開了餐廳回覆，嗯，這真的是長文了，開頭是對不起，第二句則就有怒氣。三、四千字，一看就知道是經過不斷討論的字眼，三四千字，這大概花六個小時吧。

「唉唷，冷處理就好。」我說。

「冷個屁。」主廚回。我仔細看那三、四千字的回覆，那只能算澄清，像是做澄清湯加入蛋白又撈掉蛋白浮沫，留下最乾淨的味道，像是實況（雖然帶有一點怒），會刺痛對方的語句也都丟了。我以為這樣差不多就夠了，理虧那方沒什麼好回。

「事情就這樣？那你深夜打來幹嘛？」我往下拉，沒人回覆了。

他不捨外場必須要面對這些，又同時說怕熱就不要進廚房，怕奧客就不要當外場，雖說如此，但凱是扛起一間餐廳的人。罵餐廳的誰都像是罵他，說他不配拿星像是不配當廚師，我們都知道這都太過頭了，但人總是忍不住這麼想。

多往壞的地方想一點，傷害自己一點，會更難過，也相信自己會更振作。

我安慰凱主廚，我花了三、四十分鐘，最後還調侃他何時要跟我叫魚。他說改天。甚至嘲諷他說之前的魚商呢，他罵了髒話，我知道他恢復八成了。

「可以睡了嗎？凱Chef.」

「是在靠北邊走。林楷倫，你得平常心啦。」他說。對，平常心，這通電話一點也不平常。

才沒有什麼平常心呢。得任何的獎會讓自己更堅強嗎？可能更脆弱。不斷覺得自己好運，說服自己是正牌無庸置疑，同時懷疑自己是冒牌，為什麼是自己得，而不是哪個誰得。總說要做自己嘛，做自己得堅強到比冷凍魚還硬，且從不解凍。得了什麼之後，生活會變得比較爽嗎？錢變多了沒錯，能力被認可了沒錯（偶爾被膨脹，偶爾被貶低）。自己給的責任相對變得沉重，不停進步不要停止，力量越大則責任越重？還是責任越重力量越大？這沒人解答。

掛掉凱主廚的電話之後，他來了封訊息問我有沒有什麼魚。

魚販也得平常心。

「有啊，明早報價。」

睡著等單，明早沒單，也是平常心。

潛台詞

每篇都是稱讚，不會得罪到人。讓人踩雷，是品味不同。

「不就是個人人好的世界嗎？」我對剛被食評家寫過的B哥說。他印下了那篇食評，將所有的菜畫線，寫上哪一道是修修做的，哪一道是他做的。

「阿倫你是怎樣，什麼叫做人人好，是我的菜不好嗎？他說的實話呀，每篇都是實話呀。」

B哥還沒被寫過前，可不是這麼說的。

我們會說哪個食評家收錢業配，哪個食評家只靠關係，但我們根本沒有證據。

有時，廚師還會問我誰寫得好誰寫得不好。

「要用哪種角度說？純文學的？還是報導？還是美食網紅的呢？」我回，通常廚師便接續說都爛啦。如果有人問我哪裡很爛？我會說引經據典很爛，不引用他人言詞很爛，反正正面反面都說爛。不是基於我最強的想法，而是批評人毫不費力。

但如果要讓我寫餐廳的食記，我想我也是人人好那型的吧。

講他人的壞話聽起來都很真誠，有時只是場面話，卻也一起同仇敵愾。

「阿倫，你寫食評咧？」B哥問。

「沒人邀呀，有人邀我就直白地寫。」我說了謊話。

業內大多都清楚食評、餐廳、媒體的人脈關係，但僅止於業內。當市場魚販時，人際關係並沒有這麼多層，但我開了副業作家後，才發現這業內在文學圈也有。我寫過書評，所以就算我討厭要我評的書，在錢面前哪有髒字。食評不一定會帶來金錢，餐廳不一定會給錢，或許只是給一餐而已，但可帶來流量，帶來食評家的專業性。

有時，我們認為寫得好的食評，只是我們喜歡那家餐廳。

如果那家餐廳不好吃，卻有人稱讚，我們便會說食評都收錢的。

倘若不能批評，那怎樣才能說出心中的不滿呢？這沒有人教過，但有跡可循。

小S說過看到醜的嬰兒，下一步，不是稱讚他可愛，而是說哇這嬰兒好大啊。所以，我有小孩之後，只要有人沒有說我孩子可愛，下一秒我便會說他不大。書評、食評最需要留意的不滿關鍵字是「創意」，創意是創自己的意，絕非顧客的意。只有創意，無需注意。寫到創意兩字代表食評不一定喜歡或是根本不懂在幹嘛。同義詞如「有趣」、「獨特」，誇張一點便會寫超出我的三觀。

我看了B哥那篇，中規中矩，沒有寫出創意兩字，反而寫的是傳統。

必須惡意解讀，傳統就是老套。

我沒跟B哥講這套解讀法，他會玻璃心碎。

我經歷過食評一報訂位就滿的時代，也曾有廚師只要有名人訂位便會無比興奮地跟我說。只不過，經過疫情與米其林熱潮消退，所謂的美食家或食評家的聲量些許降低。當B哥跟我說你知道那個誰要來我這裡吃飯嗎？我腦中想的只有那個誰以前去哪裡吃飯過又聽過那個誰有什麼地雷。

「記得冷氣溫度。記得外場要記住他的臉。」我說。

「蛤？」

曾經那位食評家在社群媒體上抱怨冷氣太冷，寫了一、兩千字，順帶損了餐廳菜。他也曾嫌街邊小吃太貴，還反問人家認不認識他。我把這些事告訴B哥，他笑笑地說他品味夠呀。

「總之，記得給他特別待遇。」我笑。我並不認為有特別待遇是不好的事，廚師的家人來餐廳吃飯也會有，連我也常有招待。招待是一回事，但餐點務必是平常水準，不要為了討好某人做食材與味道的調整。

B哥殷殷期盼，不斷問外場：「老師來了嗎？冷氣溫度OK了嗎？」叫食評家老師，是個安全的選擇。B哥平常不畏強權什麼事情都說公平正義（包括店門口上的各種環保議題貼紙），但遇到他認為對美食圈有影響力的人，是如此謹慎，謹慎到叫他出魚翅出熊肉都肯。當那位食評老師到了，坐好位置，外場的耳麥聽到B哥說：「Wine pairing我們招待。不用選哪道套餐，直接給到Full。」

B哥特地將原本用的紅鮒換成長尾鳥，價格貴了一倍，我有跟他說沒有比較好吃。

「但長尾鳥比較美呀。」B哥說。

當Amuse-bouche（餐前小點）上桌，坐在食評家旁的攝影師開始照。B哥特地出來講菜，但音樂與快門聲蓋住B哥的內容，說真的就算周遭安靜也沒人在聽。講完了，食評家只問一句：「食材有？」B哥細講，補一句，「對呀，幹嘛多說呢，老師都吃得懂嘛。」

第二道開始，B哥不再出來，變成外場的routine工作。

那些菜都得拍個五、六分鐘才開始吃。稻燒鰹魚塔塔，食評家反應說怎不用黑鮪魚。

外場不用轉述，B哥在出菜口偷聽，用耳麥傳遞。外場用蹩腳的臺語說：「四月鰹免油煎。」

「喔，是喔。」

幾杯免費酒喝下，上主菜，照相繼續，他們那桌聲音變大，開始說起情史。與食評家來的同行者，拉住外場問說你知道老師是誰嗎？外場說知道。

「那你問問他這些肉及格嗎？」他說的這些肉是B哥的招牌。

「老師，這些肉及格嗎？」

「恩，只能說是及格而已，你知道哪家比你這個好吃嗎？」

外場聽到只能笑笑地搖頭。但那食評家說的餐廳，B哥認識的都說還好，還好的意思就是及格而已。但那食評家說的餐廳與食評家關係很好。菜不只是吃菜，還得吃關係，還得吃緣分。

當甜點上桌後，最認真吃的只有相機。

B哥特地出來問有沒有吃飽，這特地出來問本來只有給這位食評老師。既然給的特殊待遇如此不受尊重，那就給全場都問候一遍有沒有吃飽。

「問他有吃飽沒，我沒問他意見，也沒求他特地幫我寫一篇。」B哥說。

隔幾天後，食評家寫了B哥餐廳的文章。

裡頭一如既往，寫起食物，鏡頭擺得很近的食物特寫。

裡頭一如既往，穿插食評家自己的飲食記憶。

特別的是他說B哥的服務很獨特，這是一套有趣的菜單，一桌一桌地問。他說聚餐很適合來這，不怕噪音，外場沒有制止自己這桌講話大聲，BUT，約會可能不行喔，太吵了喔。

他看到翻白眼。

「因為這人是食評家，我才沒制止他們這麼吵。」

「特殊待遇。」我笑。

「以後不要給任何人特殊待遇了。」他邊看下面留言的簇擁者們說：「這家我知道呀，ＢＸＸ餐聽呀。」或是幾則說：「好險沒訂位，菜美而已吃起來很特殊。」

要做個人人好的餐廳，很簡單，對不論身分地位的人都好就好。

「不用管他是誰，正常做菜。想罵就在私下罵，不要去網路說什麼。」Ｂ哥對員工們說。

「你也會怕喔。」我跟他說。

「要不然你新書直接把人名跟店名寫出來。」他倒是給我一記迴力鏢。

他嘴巴很兇卻在食評家的貼文底下寫道：「老師的指教都很中肯誠懇喔，希望老師下次還能來店裡小弟我招待。」幾個人按讚，幾個人按怒，他的員工都按笑。

「食評能餵飽我們餐廳嗎？好好做菜。」B哥寫在最新一季的recipe上，但我相信他會好好地餵飽每個來的食評者。

色度

接洽新的餐廳時，遇到初次見面的主廚，第一個話題是找到與他最親近的主廚來拉黨結派。怎麼拉黨，用我認識的主廚學歷來拉；怎麼結派，google 一下主廚的經歷，曾經待過什麼餐廳、留日的、留美的，住高雄臺北臺中南投花蓮我都能聊上一點。

找到相同的話題，有利帶入交易細節。若遇到陌生的毫無線索的主廚，只要跟我年紀差不多，我定會用高雄餐飲學院開頭。若是高餐校友，我隨口都能提幾個學長學弟，若不是高餐校友，就假意數落。至於海歸的廚師們，從菜色擺盤就能看得出差異，但用菜色猜頗有風險。我會先找尋這些主廚的朋友群，不難，加幾個ＩＧ看他們幾次聚餐就能發現，旅美旅歐總有俐落的油頭，旅日要不長髮要不平頭。

第一次與Sur-餐廳的阿華洽談，我已經忘記那時的他是什麼髮型，他有過金髮、短髮、長捲髮。那時他二十五歲，看起來跟大學剛畢業差不多。那年，他跟幾個同學經歷過臺北幾家餐廳便出來開業，媒體與食評人都寫他們看起來像大學剛畢業。當我自我介紹交了哪些餐廳時，阿華的夥伴Rory說這些都學長們都很棒呀。

「當然都是學長呀，你們那麼年輕怎麼會有學弟。」我嘴賤，但也不怕他們生氣。

我們瞎聊幾個學長的經歷，說誰管理很好、說誰廚藝很讚。阿華的餐廳開在鬧區的邊角商城，剛開幕時旁邊的店仍未租出，一年後租給娃娃機店。整個邊角商城最熱鬧的是一旁的韓國料理，冰淇淋挖到飽、汽水喝到吐、韓國小菜隨你夾的韓國餐廳。

商城最熱鬧的時間是六日，平日則是下課時間。在商城內最常見的不是潮流人士，而是臺中一中的藍色體育服，這些學生怎會吃一套一千多的套餐。起初，他們的餐廳為了賺錢做過一陣子單點。餐廳客人沒有學生，反而很多高餐的學長學姊。

「做自己想做的。他們不應該做單點。」一位高餐的學長這樣跟我說Sur-。

廚師界的二十五歲很是青澀，也因如此，他們更想擺脫這青澀印象，這不單是外表、年紀、名氣，更是廚藝的。二〇一五年的臺中還不那麼流行Fusion，說是Fusion不如說做自己想做的菜。有人向我如此評價阿華、Rory：「創意有餘，青澀更足。」我笑笑地說希望他們餐廳能賺錢。

實際上他們都沒賺錢，打平就偷笑了。一次送貨，Rory正在騰打訂位報表，Excel上的訂位數字少少的。我心裡想會不會快倒啦，Rory邊把報表縮至最小，說周末有大訂單啦，錢錢進來啦。桌面是一張泳裝日本妹，他又點開另個報表是食材成本表。我問他餐廳有沒有賺錢。

「哪有可能。」他說。我也知道，他們一兩個禮拜才叫一尾三公斤的魚，怎麼會賺錢。

「開餐廳最重要的是什麼？跟買房子一樣，地點地點地點。你們就是地點不好咩。」我回Rory。我這個貨商說這些，實在太裝老。

我又補一句是不會問你學長喔。

他們有問，也有聽，說很多學長介紹很多客人來。

路沒有依循學長的路，他們有他們的路。

人拉黨結派是為了安全保護自己，為了在裡頭獲得更多資源的互惠。

幾年後，阿華的夥伴各奔東西，一中街的店面房東不租了。他獨自開店在比較好的地點，地點有差生意好了一些，但也不算特別好。

「別人怎麼看你開在這？」我問，其實我想聽聽有沒有什麼八卦。

「管別人咧。」這是阿華的風格，一如往常的。他知道我問的別人是那些我很熟的高餐學長。「怎樣，倫ㄟ你很孤單喔，文學路很孤單喔。」他問我，那年二〇二〇年我剛得文學獎。

「有什麼好孤單啦，不就一個人，我還有寫作會。」我說話說一半，確實孤單，沒有學院背景，也不是長久走在文學創作路上的我，能找到幾個人說創作嗎？當時沒有，甚至害怕自己說出的每一句話都略顯低劣，現代主義、寫實主義都不懂，沒看過幾本臺灣文學，卻走在這樣的路上。

哪算是孤單啊，是自卑不敢面對。我跟阿華說了學院學歷這些的，我說了個模仿電影《艋舺》的冷笑話：「學歷是三小。」

高餐出來的他，就業過程一定有受學長庇蔭。庇蔭是暫時的涼快、瞬間的順遂。庇蔭是陰影，有人從高處往下看的陰影。做自己比較爽，他這樣說。說完他介紹我去看《藍色時期》，一部關於藝術家養成的漫畫。

「喜歡的事情當興趣就好了，我覺得這是大人才有的想法喔！」

「並不是才能唷，只是想著畫畫的時間比別人還要多而已。」——《藍色時期》

我有沒有受到這本漫畫的鼓勵，一點點吧。我依舊送著阿華的餐廳，生意漸漸變好，菜漸漸成熟。菜如同人會變吧，但阿華的成熟不是穩定妥當的漸好，而是任性標示什麼叫做成長，清楚表達自己想講的那般成熟。菜果真如同人會變吧，吃過一季又一季的我，在阿華使用羅氏秋水茶第三遍時，發現他菜色裡頭的青草茶苦味，越來越沉。某次，吃完他的菜後，我問他有沒有認真想菜呀。有啦，深夜都在看漫畫有在想啦。

「早點睡，身體要顧。」我回得老態。

他是不斷地想著如何成為獨特的模樣，獨特的模樣是將自己生活的混合體，抽絲出來。

最近他又問我生活上有沒有遇到什麼問題？我越來越少說交魚去餐廳時聽到的八卦了，他問更多寫作圈的事情。我說自己有時很像轉學生很像局外人，他說很好呀，沒有學歷沒有背景都沒有差啦。

是呀，沒有差。這道理，我早就知道了。

「但開店地點就有差啦。」他自嘲，我想他一定看過一中街邊角商城的黃昏，邊角商城的二樓天橋將陽光切成幾塊。

某次送貨，等阿華跟Rory吃飯回來收貨，看到阿華黃髮混黑髮，Rory向我揮手，阿華對我說幹嘛在這裡等。Rory說阿倫你不會去旁邊的髮廊剪頭髮喔，他們二十四小時都開著耶。

「最好是。」我說。

他們各自摸著自己的頭，說這顆今天凌晨四點多剪的。

他們有看見清晨的日光嗎？在他們店前，在我的貨車上，藍色的、黃色的光。

大白盤上的布朗尼與旁邊的生日快樂

Happy Birthday Dear Kai楷～

一塊布朗尼，大盤上又用巧克力醬寫上生日快樂。這生日蛋糕似乎是臺灣餐廳的常備款，只要訂位時說慶祝生日喔，進餐廳時給外場看看身分證就會給這塊蛋糕。往往在吃到快吐時，才會上這種蛋糕，論誰也吃不出好或不好。

但這次吃到這樣的布朗尼，卻是在甜點師Wise下午空班吃到。那天，我生日我也訂在他任職的Fore。

「倫哥也太晚了吧。」要負責殺魚的Monica說。Wise裝神祕地叫我過去，又離開廚房，叫我去坐原木的大桌。看他從小小的甜點冰箱拿東西出來，要讓我試吃這一季新的甜點吧，我想。

「靠，不要偷看啦。」他說。但其實我根本沒在看。

當他拿出蛋糕時，是為了我慶生。

「沒唱生日快樂歌，可惡，沒在王品訓練過喔。」我說，他真的要唱，我又說算了。

那是一塊柑橘混辣椒的巧克力布朗尼，很好吃。我本要沾上畫字的巧克力，他打了我的手說那只是用來畫字的便宜貨。

「誰知道啊。」我說。

Wise跟我都深知吃如他這種等級的甜點，務必把醬汁沾光。

我吃完了布朗尼。我用叉子將盤上的好時巧克力醬吃完。

生日快樂。他說。

「晚上我也要來耶，你不知道嗎？」我說，他打了我好幾拳，表示怎不早說啊，幹嘛幫我慶兩次生啦。

晚餐飽得受不了時，仍然是一塊布朗尼，插了根小蠟燭的原味布朗尼。

Happy Birthday again~

Wise當時任職的Fore是一家直火燒烤牛排的餐廳，第一次見到Wise還以為他是站肉區的，滿手刺青一臉嚴肅充滿戒備的眼神。心想這人不好惹，後來才知道他是名甜點師。本來想問男生幹嘛當甜點師啦，這問題一定超級多人問過，問Wise說不定還會裝娘故意政治不正確。

餐廳隨季節換菜，連甜點一起換。他常在換菜時，叫我過去他的甜點區，試吃最原型的甜點概念，一塊蛋糕或一球冰淇淋，沒有擺盤，放在IKEA的兒童碗，他拿起醬料瓶擠上一點自己熬製的果醬。味道極好，但總覺得缺了些什麼。我跟他說缺一個味道，缺一個戴上生日快樂的浮誇帽子唱起各種語言的生日快樂歌的味道。

「你以為這裡是王品喔。」

「服務咩。」Monica在旁說，我一旁多嘴說對咩。

他拿出冰在冷凍的盤子，再將剛剛的甜點複製貼上，叫我再吃一次。缺的是巨大的白盤，味道就對了。

那冷凍的白盤，上面也是寫了祝某人的生日。Wise說再寫一遍就好，不要在意。

我的童年很少有甜點的存在。因為稀缺，特別記住每次的甜點。不常有人幫我過生日，看著長輩過生日還有豬腳和蛋糕，而我的生日只有與弟弟打電動玩具。我不會跟小我兩歲的弟弟說ㄟ我生日耶。生日蛋糕是我腦中能想到最靠近甜點的食物了。國小一年級的我，自己騎腳踏車去麵包店看著蛋糕櫃，但只能買菠蘿麵包，錢不夠呀，心想這麼大的九吋蛋糕誰要跟我吃呀（那年還很少六吋四吋的蛋糕）。

看著綜藝節目慶祝藝人生日的橋段，推出三層蛋糕，眾人一陣驚呼，唱起生日快樂歌，在電視機前的我沒跟著唱不跟著拍手。節目沒拍出大家吃蛋糕的模樣，而是將吹蠟燭的藝人壓進蛋糕，一陣打鬧，所有人的臉都變成白白紅紅的奶油臉。真是浪費呀，那些奶油很甜很甜的，好想吃呀，那跟克林姆麵包的奶油會有不同嗎？

我那樣想也是很笨，自己吃過幾次便知道白色奶油的味道，哪樣的甜哪樣的膩。綜藝節目常會在慶祝完生日後跟觀眾說再見，當攝影棚的燈暗下，有人會對過生日的藝人說生日快樂嗎？一定會吧。而我生日時，我刻意將客廳的燈暗下，我向我弟說ㄟ我生日ㄟ。他會說生日快樂，電視裡的格鬥遊戲依舊繼續。沒有禮物、沒有蛋糕，生日又如何，我們家沒人會過，沒人記得。

直到與太太交往，他們家會特地過生日，而生日蛋糕是必要的。她知道我生日之後，每年都會準備一個小小的生日蛋糕，第一年是我不愛吃的草莓蛋糕，第二年是芋泥。蛋糕插了生日快樂牌子。

「生日有快樂嗎？」她問。

「快樂，但這蛋糕好甜。」我說。從生日吃的甜點開始，我更知道甜的層次。酸與甜的交合，苦與甜的交錯。我仍然記得當我扛了父親的債，拮据過生活時，不說一顆六、七百元的蛋糕，甚至一杯二十元的紅茶都是奢侈品的三十歲生日，太太與小姨子問我想吃什麼。我的心是苦悶，想吃什麼只說隨便。

「你生日耶。」她們說。

「唉唷，沒有錢過什麼生日。一杯阿月紅茶冰就好。」我回。

小姨子的生日晚我一天，我不過她也要過。太太看了我的手機搜尋紀錄，除了色色的網頁，還有我前幾天找的蛋糕。我搜尋了傳統滿是奶油花與巧克力米的蛋糕，金陵的芋泥蛋糕等等。她沒有跟我說，她只是問你到底想吃什麼蛋糕，你不吃小姨子也要吃。我仍然嘴硬說不用。

生日那晚，岳父岳母煮了滿桌的菜，小姨子晚到拿了一杯阿月紅茶冰給我。吃完飯後，燈一暗，那驚喜毫不驚喜，大家唱起生日快樂歌。蛋糕拿了出來，是一家人吃不完的九吋金陵蛋糕。

「生日快樂，楷倫。」太太家人一起說。

切開蛋糕，芋泥、布丁、老派的奶油甜味。

太甜了。我都忘記某些苦了。

太膩了。我喝口紅茶，那年我連二十五元的紅茶冰都覺得奢侈了。

太太家人叫我許願，從小沒許過什麼願。我許的願是孩子健康、萬事順遂，最後一個沒有說的願望，我已經忘了是什麼。

我將Wise的原味布朗尼分給太太與小姨子吃，她們說很好吃，而我說下午那塊柑橘微辣的更好吃。那是我離開原生家庭的第二年，與太太一起創業的魚行，專送西餐廳也步上軌道。許的願更實際一點，許起營業額要達到多少、要帶孩子出國。最後一個不能說的願望，其實是告訴自己不能心軟得繼續往前。

生日隔天，仍然得送貨，送到Wise的餐廳。我將小卷放入冷凍庫時，Wise來拿幾顆香吉士，他跟我說他過幾年要去臺北工作，我問他要不要幫忙介紹，他說自己的人脈廣得很。

他講了幾家他想去的餐廳，他說他一定會上那些餐廳的，到時他會關照我。

他說起自己的願望，那些願望不用在生日時向上天祈求，那眼神像是必然會走到這條路。夢想與願望在他人面前講起來總是尷尬，但透徹而亮的眼神，很美。

隔年，我沒吃到他為客人做的生日布朗尼了，他已去臺北發展。幾次，在臺中的店偶遇Wise，我都會問你怎麼在這。他傻傻地笑說他臺中人，他臺中潭子人。他做過幾個計畫，遇到拆夥也沒有多說什麼惡言。

好久沒遇到他了，他還是會說那些超級不好笑的笑話嗎？還是會叫我倫哥吧。這兩年他開了新店，以甜點做出套餐的店，他用故鄉的名字取做店名。

夢想是什麼，不是目標吧，是從哪裡走到哪裡的過程，就算走到了夢想的彼端，還會繼續走下去吧。

還要拿起大白盤寫上生日快樂，做那看似工廠化卻十分獨特的布朗尼嗎？

他應該不用再寫上草寫的英文生日快樂。

我仍然懷念那天生日下午與晚上都吃到的布朗尼與他刻意寫的Kai楷，對巧克力生膩的生日晚上，還是很甜。

飯糰與千層麵

「楷倫，我要離職了。」Monica說。

她是第一個特地跟我說要離職的人。

那一刻我怎麼回話，沒記得很清楚，大概是好可惜喔要加油喔那類的。她說還會見到她。我當然相信這些要離職的廚師會在某家餐廳的內場遇到，但我問她要去哪家？她沒有說，她只說要先去義大利玩一趟。

她是Fore的創店元老，跟著Jimmy而來，卻沒跟著Jimmy去JL Studio。Fore是我第二家交的餐廳，剛創業的我什麼也不懂，主業還在當市場魚販兼著做餐廳。我總在市場收攤後的下午兩點，下肢瘦腫想補眠的兩點，開臺小貨車載著Fore的市場鮮魚，打開餐廳的送貨門，將貨放在水槽，拿著貨單找尋一個可以幫我簽貨單的人。

兩三點是空班了，廚師該睡的都睡了。Monica總幫我簽貨單。她打打我的手臂說：「早一點來啦，空班不要來。」她從叫我大哥，轉變叫成阿倫。我會問她店裡用什麼，她會說什麼海鮮品項不好，可以讓我送。我沒有跟她說我為什麼得在這時間送貨，她看看我的雨鞋。

「剛下班很累，對吧。」她邊說，邊撥掉我肩膀上的魚鱗。我轉身上車跟她說聲謝謝。

每次送貨都會遇見她，忙裡忙外，不時遇到一些困難，她大笑帶過，不會怒罵屬下，總對人開頭：「來，來，我們聊聊。」她也曾這樣與我對話，走出廚房，一起往我停車的地方走去，短短五十公尺能說很多。我遇過幾個廚師跟我說什麼要聊聊，要不聊說有沒有回扣，要不聊說公司的壞話。Monica不聊這些，她聊我幹嘛創業，我說起爸爸的債啊這些的。

她毫無驚訝。

「你還留在那啊？」她問我。

「是呀。」那半年，我在市場魚攤與餐廳送貨間兩邊跑。

「我以為我這樣他會改，我覺得他還有救呀。」我又說。

她又打了我幾拳，只說：「好啦，加油。有什麼事要說呀。」豪爽的聲音也能溫柔地說。

總感覺那句話沒有說完，她沒有說，我也不追問。

「我爸沒錢，我也沒錢呀。」我開玩笑地回。她當然也只是笑笑。

她離職之後，我以為會一下子在某家餐廳見到她，論她的資歷與實力很快就有工作了吧。我計算著去義大利她會多久回來，她仍然留在餐廳的叫貨群組裡還沒離開。某一次，在路上見到了她與她的老公，互相挽手，我想說不要吵她，又有一次在某家店裡吃飯遇到，我問她接下來要幹嘛。想也不用想，這麼自由的狀態，接下來就是開店。

去義大利玩，開店，不就是開義大利料理嗎？我想。

「我要開早餐店。」她說。

「美又美、弘爺漢堡？」Monica能忍受五大餐飲之謎的榜首早餐店的奶茶嗎？以她對食物的高標，能接受能吃但不到好吃的罐頭菜單嗎？

兩拳過來，「白痴喔，我要開臺灣味的飯糰店啦。」

臺式飯糰，滷蛋豆干肉鬆一層一層堆疊，還有那過酸的酸菜與花生粉，以糯米覆蓋。臺中幾家名店，有的會讓人脹氣，有的標榜不會脹氣。一顆飯糰七、八百卡，配上謎之順腸的奶茶，熱量爆表。我不懂這種混搭豪邁的飯糰，能再更好吃嗎？一個西餐底的廚師為什麼要做飯糰呢？

那時，我與Monica的人際尺度是陌生又熟，碰面能聊兩句，雖然不碰面，也偶爾想起她，卻不好意思敲人聊天。

「阿倫你咧？」她問，但我不清楚她想問哪部分。

「我離開老家。」我猜她想聽這個。她拍手，她說早該，她說起她家裡是賣豬肉的，在菜市場看過好多這樣的家庭。我們都認為逃避並不可恥，但有用。逃避是勇敢的，一定有用。又是幾聲鼓勵，我們分開轉回自己座位上。

我沒有問店址店名，什麼都沒多問，就算有她的Line也不會敲。只相信這地球很小，只相信相遇的隨機性。

沒有她在的那家餐廳，配送的海鮮都相近。餐廳換季換菜單，仍然會問我要用什麼海鮮，問的往往是整天跟我聊五四三的異男，與我邊講垃圾話邊問有什麼魚。他們開好菜單，會假意問我說阿倫這菜單海鮮夠嗎？不夠不夠不夠永遠都不夠。我回。

「你都那麼有錢了，別太貪心。」開菜單的二廚說。

我好像忘了跟他前情提要，說我家的債務跟我為何創業。於是我開始說起老套的故事，毫無起承轉合直接憤怒與悲催到底。

「你還有幫忙還嗎？」甜點主廚Wise回。

「沒有。」我雖然驚訝Wise怎會知道我家有個賭徒拖累全家的困境，卻想說大家都知道吧。

「對嘛，沒幫忙還債那你還叫，現在很有錢啦，別太貪心啦這季海鮮夠了就好。」雖然那些是玩笑話，也知道這家餐廳幫我很多。常想起與Monica聊天的瞬間，有剛剛好的不說，有觸感如撫摸的探問，這時卻是說太多反而尷尬。

一年過去，我送貨的店家改變了，每天早上跑的路徑不同，選擇的早餐店也不同。我從民權路走，google附近有什麼早點，三佳早點、艾初西式早餐，還有家沒看過的飯糰店。那家飯糰店寄生在某家做社會倡議的咖啡店裡，小小的格位，連招牌都小小的。飯糰一顆四十，紅茶奶茶都一杯三十。「阿倫，你怎在這？」好久沒聽到Monica的聲音，我回我怎不能在這，整個臺中都我送貨的範圍。我點了一顆傳統飯糰，一杯奶茶，還開起不合時宜的玩笑：「這杯奶茶會不會烙賽？」

當她捏好飯糰遞給我時，多了顆蛋多了塊爌肉，這根本是一顆便當。我還懷疑會不會破壞飯糰層層堆疊的平衡性，那種混亂邪惡的平衡性。咀嚼入口，發現那已是平衡。我直說好吃，沒問她怎麼做到的。我直說這一定下了苦功，你有跟大家說嗎？

「三八喔，說什麼啦，吃就知道了，可惡，本來想說賣飯糰可以賺錢……」她話說一半，要說的是自己太重品質了。

當我點入飯糰店的粉絲專頁，近期都沒有更新了。但拉到草創時期，她將選米的過程當成糯米競賽，油條肉鬆豆干都一一比較，她唯一沒說的是酸度較低的酸菜。幾次她會放上做給自己吃的實驗品，像是奶酥醬，像是飯糰變奏轉身為刈包，我只要去吃飯糰時，都會跟她撒嬌。她是一個會讓人想撒嬌的人，是笑聲吧或是一拳拳打在身上的爽快感。

我看過好幾個廚師出來圓夢，都會歷經細選自己店內食材的過程。有的會堅持，有的因為成本而放棄。

吃她的飯糰好幾年了，Monica始終沒變。

飯糰店離家大概二十分鐘路程，不遠不近，我與太太常在送小孩上課後繞路前往。太太在兒子第一天上課時，哭得像送兒子當兵。我不知道怎麼安慰，只在一旁不斷地笑，臭異男怎會懂這種情感，我不懂到底在哭什麼，只想帶她去吃一頓飽飽的早餐，一頓由曾經安慰過我的人煮出來的早餐。

一如往常，吃了幾口飯糰，Monica 過來聊天。我們聊到送孩子上課，一旁的阿伯說習慣就好，沒什麼不能習慣。吃一口飯糰，喝一口奶茶，太太卻開始流淚，我以為 Monica 會給她一拳，結果給的是擁抱。

那像糯米飯裹住雜亂各有風味的配料，柔軟且熱燙的擁抱。

我知道那很暖心，但很幽默，我還在旁拍照。

Monica 是那樣的人，所以有暖心的料理，生意越來越好。她說有新菜單，我敲碗的刈包總沒出現，新菜單上是沙拉、濃湯、千層麵等品項。我笑她神經病，誰早餐吃千層麵啊，她說她要做早午餐啊。我說她會做到瘋掉。

真的，她沒做到完整的早午餐，換到新店址，一、二樓都是營業空間。因為生意太好，二樓暫不開放。本來超多的品項，刪到只剩幾個。為什麼留那幾個，因為她愛吃她覺得好吃。

廚師的味覺等於廚師的風味。

我依舊點的是飯糰＋奶茶。

某個暑假，我帶著太太與不挑嘴的女兒吃她的飯糰店，女兒說她要吃千層麵，超摳如我怎可以早餐點兩百多的千層麵呢？女兒沒有撒嬌想換吃別的，太太撒嬌說她要吃。我點了千層麵，來的確實是千層麵，非常不早餐店的模樣，乾燥番茄、自己燉的肉醬，正方形層層堆高的千層。女兒說要怎麼吃。Monica飯糰店的吧檯放一本洪愛珠的書，但沒教吃千層麵。我想跟她說千層麵、千層蛋糕，有人喜於拆解，曾看過某本小說寫了將千層蛋糕浪漫化，層層分別地吃，說那樣吃是珍惜，那樣吃是緩慢，其實是浪費千層的口感。千層麵亦然。

記得多年前，我第一次吃千層麵，那是盤難吃的千層麵。腦中聯想起加菲貓吃千層麵時拉出的起司，棉線般，更像麵線曬乾時的場景。我切下，叉起入口，毫無拉絲。是我吃法錯了嗎？用叉子切下第二口時，千層麵滑崩，第一層第二層是分錯的土層，在那時還是女友的太太面前顯得窘困。

我叉起第一層，裝得千層麵就得如此吃的模樣。但裸露的第二層麵，已無肉醬，黃色的質地更是尷尬。

那口好鹹好鹹。

「這樣吃比較久啦。」

女友轉起醬汁極多的白醬雞肉義大利麵，煮得軟糯（那時還不知道什麼是鉛筆心，什麼是剛剛好巴上的醬汁）。

「嗯哼。」她敷衍地說。

回到加菲貓的聯想，我是那隻加菲貓，裝懂的模樣。

若要珍惜緩緩地吃一盤千層麵，請切得小小的，優雅入口紅醬不沾唇邊。若將它層層分離，那只是盤麵片，沒有千層。

「優雅且用力地切下吧。」我對女兒說。

女兒切下，滑崩千層，卻又到底入口。

「好吃。」女兒說。

「我也想吃。」我說。

「不要，不要給爸爸。」女兒又說。

麵體滑落如同冰山崩解。我一旁吐槽，Monica則過來說這樣很棒了，至少她已懂得吃了。飯糰與千層麵的味道與食感都不單一，都是一種混合，不那麼純粹的食物。重點是熱量超高，根本是健康殺手。但早餐吃這些，根本靈魂食物。

若要珍惜緩緩地吃一顆飯糰，嘴巴張得小小的，想要優雅入口，卻總是肉鬆沾在唇邊，但如果層層分解，那就只是食材罷了，不是料理。

Monica為什麼先做飯糰，才做她最熟悉的西餐呢？我沒問她，或許飯糰是她的最好料理，用布包著飯與料溫柔地捏，如同在那條與我同行的路上，帶著笑聲的話語，那裡頭幾句鼓勵。

「飯糰很燙喔。」她說。我等不及冷，先吃了，很燙很燙。

「從哪邊先吃飯糰呢？」我問。但這白痴問題沒人回答，都很好吃嘛，不要分開吃就好。

菜名：魚販。

以店為菜名，是種期許。
以人為菜名，是種浪漫。
以地區為菜名，是鄉愁。
以魚販為菜名，是什麼呢？
「靠，這是不是你交的？你被臭了啦阿倫。」阿華傳來菜名「魚販」的一張截圖。以圖搜回那家餐廳的ＦＢ，我知道這家是我曾送過的餐廳。搜尋臉書只是為了看他們最近過得好不好，點入訂位網站看看訂位多不多。
我應該感到羞恥，自己送過的店還沒加店家的粉絲專頁，更不用說按讚。
「是啦，曾經我送過啊。」這家餐廳的最新動態寫他們最新的菜，叫做魚販。
內文寫著創業初期與我相識，說我要到不到，常常找不到人。後來話鋒一轉，說自己找到許多的供應商，才知道靠天吃飯的行業是有一餐沒一餐。

我還是覺得他在臭我。

而且我承認我就是該「臭」的餐廳魚販，這幾年身心分成三份，把一份放到家庭，一份放到寫作，另一份則是賣魚。近期留下的客戶是早期創業時一起存活下來的餐廳夥伴。出書之後也常有餐廳要跟我合作，但我真的好懶喔，Line的訊息一則則的來，紅底白字420（未讀）顯示在Line的圖標上，有貨商有廣告，有幾家餐廳，我已讀偶爾回ＯＫ。創業前幾年，常遇到臺灣春天時常有風浪大到無船出海，但臺中卻無風無雨的日子，餐廳主廚又指定一些特殊魚種時，我會盡力到最後一刻，傳給餐廳說沒有魚。主廚們大多不信，而且這種天氣會不斷持續整個春季。海上忽然平緩，也只是半天的事，那時我會傳給主廚說要魚嗎？他已讀不回，或說ＯＫ。隔天，與船主預訂的魚來的卻不是餐廳喜好的魚種或尺寸，忍痛訂下，忍痛被餐廳拒絕。

忍痛賠錢轉給其他餐廳，並且求情說拜託你收啦。

不惜花各種代價找魚是職業道德，但不惜賠錢轉貨給他人，卻傷了職業的根本。

「明天如果沒有三條活體紅條，你不用送了。反正你也要送不送，說什麼天氣，沒到就不用來了。」一位資歷頗深的主廚對我這樣說。

我先點開漁業氣象，八級風怎會有魚。我思索著如何委婉地回，要傳網頁截圖嗎？鍵入：「不好意思，主廚。這些日子天氣海象都不好（我可以截圖證明），而且我送給貴餐廳的魚貨絕對是生食等級，且品質保證，您不滿意我也讓您退過幾次。不管明天有沒有魚，希望都還是有機會與您繼續合作。」

刪除剛剛鍵入的所有。

「喔，好。」我回。

過一陣子。

「謝謝。」我再回，卻好安靜好安靜。

隔天如奇蹟般出現了活體紅條，我排開所有工作驅車前往清泉崗機場，等紅燈時看著自己傳給主廚的訊息簡單俐落得毫無禮貌。那句謝謝是倚著自己諷刺的心傳出，對方一定也知道，要不然怎麼不讀不回（他一定有讀，用狀態列讀的）。懊悔至多等了一個紅燈，後面的車也沒按喇叭，可能都同時看著哪封訊息吧。

「主廚，今天有魚喔，很漂亮的活體魚喔。」加寫幾個喔都是為了裝可愛，傳了活魚的照片給主廚，他依舊沒讀未回。

澎湖到臺中一個多小時，從霧峰開到清泉崗，一個小時。清泉崗開到七期，四十分鐘。

在塑膠袋裡的紅條，泡著海水側躺，只能活四個小時。

我邊想邊踩重了油門，在機場的接貨口抱著那箱魚奔跑。

在國道三的路程中，快速打起方向燈，轉換車道只為多快幾秒，我知道這樣很危險啊，我知道呀，聽著後面保麗龍箱的海水搖晃聲如同澎湖的八級風。

紅條會死嗎？我管他的，要時間。

我想起以前的賽車動漫，看著眼前五十嵐的紅茶都從吸管與封膜的洞口溢出。

我會死嗎？我管他的，要送到才有信用啊。

到餐廳後門，我打開後車廂，後車廂的防水墊濕成一片海，印著澎湖魚貨的紙箱水潤呈深咖啡色。

「死啊。」我喊。

拆箱，拿起厚重的塑膠帆布袋，抱入餐廳。提起塑膠帆布袋的感覺，像是抓起剛死的貓，心想看起來沒那麼重吧，怎拿起來重成這樣，是海水那麼重嗎？不是，是魚死了肌肉放鬆，晃動都隨海水的重量。

真的死了。

將放魚的塑膠帆布袋平放在水槽。地面上都是我滴下的海水。

「Chef.」廚助請主廚出來，順便簽了我的單。

「ㄟㄟㄟ，誰把後門用這麼濕，這合規定嗎？」主廚見我拿起拖把，繼續說下去：「阿倫你不要動，這要教育我底下的人。」

主廚罵了幾句我沒聽過的語言，但聽起來很髒。教訓起廚助，廚助低頭拖地，擰乾拖把，拿起髒布擦乾。廚助毫無表情，但我更愧疚。

「什麼好貨呀？」主廚講出這句話時，像是第一次跟我合作時，聽我講一些理念之後開箱的表情。

我剪開塑膠帆布袋上面的橡皮筋，我說主廚你要的紅條呀。

那袋子裡的海水，紅條的血將海水染成粉紅色。

但那尾紅條是深綠色，是與紅條同種同名的青烏色紅條。

我出後門去打電話回澎湖貨主，他說這就是紅條，沒有其他的。

「主廚，你收嗎？」我開後門，先問。

但主廚已不在廚房，而魚也不在水槽，只留下塑膠帆布袋與破洞的保麗龍。我搬走餐廳垃圾商不好處理的保麗龍，輕輕的毫無重量。我將滿是水的後廂墊拿起，想要倒在地上，卻不小心撒在主廚的車旁。

我只希望他不要看到這一切，他也沒看到這一切。

那天，車的氣味是澎湖的海。

我車上狂罵髒話，說起主廚的不是，不斷怪罪對方的態度。自己清楚，是開快車是那沒傳出去的訊息，還有能多加解釋一點不是更好嗎？

花了九百元洗車，車沒有味道了。

我也以為我會改。

我更改自己的職業原則：別那麼拚命了。

送那幾尾青烏色的紅條之後，主廚沒有封鎖我，我也沒有封鎖他。訊息停留在我傳了為何紅條會有這種顏色的報導與解釋自己的態度的長文後，不讀未回。

信任的結束不是封鎖，只要看不見就好，連假裝也不用。

菜名【魚販】

「剛來臺中，我以為可以將海鮮的採購交給統包的魚販。」

這家將菜名取作「魚販」的餐廳是這樣開頭寫著，後來寫到對我的失望。我想起他們餐廳的叫貨量少少的，剛創業嘛。總是叫著特殊的魚種，在不對的季節。我總想說能幫他們換什麼魚又覺得還不夠熟怎能建議，於是我又開始等待他們要的魚種，等待他們限定的價格。

「沒有魚耶。」在到貨日的前一天晚上傳，一次又一次。

信任開始邁向結束，承諾開始瓦解。

我破壞了他某一季的菜單，破壞菜單的完整性。我卻毫無道歉。

我應該道歉的。

賣魚這麼久了就皮了。我太太這樣笑我。

「還要魚嗎？」最後一則訊息躺在那，有讀沒回。

如今，我仍然幫信任我的餐廳思考菜單，選擇每個食材時我會附上備案。賣魚這工作，魚販想要變成海神，卻總造化弄人。我常與熟識的廚師一同嘲諷互相是衰神，要魚沒魚要蝦沒蝦。我大可說臺灣的海洋沒有心跳都快不行了，我也不願說自己不夠努力（確實不夠努力）。有時，只是在錯的時間遇到對的人，說怎樣也得分開。幾次，想去那些我已經錯過彼此的餐廳消費，只是又想，曾經錯過的人呀、餐廳呀，就這樣過去吧。

以「魚販」為名的菜，對無時不變化的海致敬。

我真的覺得羞愧，應該更努力的，那道菜上面的海鮮並不難取得，但已不是我家的貨了。我懶且我怕點開幾個月前還有聯絡的Line群，最新的訊息是ＸＸＸ退出群組，只剩兩人。我又鍵入：「主廚需要什麼嗎？」

「不需要了。掰。」

【後記】

水冰與炙焰

一家長期配合的餐廳，兩三個月沒有叫貨，我知道又是一段關係結束。

「你還有再交那個誰嗎？」

「沒了。」說沒了的我，會抱怨一下。自己也知道那些抱怨是分手後才會有的壞話，講給自己安慰，講給別人是證明我自己是對的。

對的事情有幾些，錯的事情也有好些。

賣魚最重要的是冰。

廚房最重要的則是火。

我靠冰維持魚的鮮度，靠冰延長海鮮的周轉率。房車的後廂常常滿載保麗龍箱，裡頭的冰化成水，水隨保麗龍的孔洞流在後廂。水混了魚血蝦水，搬貨時常常滴滿整身，將冰冷的魚貨放在炙熱的廚房裡，我計算起在這環境能放多久，沒有多久便說：「幫我收一下，把魚拿去冰。」

那家餐廳總忙得要命，有人會來搭理，那人會叫另一個人來處理。

搭理的人簽下貨單，會跟我聊一下天。

關係總是這樣建立起來，在話語與傾聽之間。

離開總是無聲無息，生意關係不是友情，也不是愛情，另一方不想要了，哪需要多問。

早期的我會多問幾句，多問往往都是退讓。

我不讓，也是退。我讓了，我會退更多步。

這本書裡，大部分的角色都有模糊化，說真的我會怕被告也會怕被罵。然而，這本書是紀實的，紀實我當餐廳魚販的歲月，紀實有趣的臉孔們，紀實堅持的他們與退讓的我。

不要問我誰是誰了，如果你覺得我寫的是你，放在心裡。

如果你想到誰很像你認識的人，那就是你想的那位（但不是我想的那位）。

一定有人會問我，這本書的真實邊界，我的解答是這絕對不是客觀真實。故事裡有人受點傷，也有人會得到療癒。身為作者，活到三十八了，早已知道圓滿是難以達成的。這本書有很多受挫的人們，受挫的理由也細到會讓人笑說這沒什麼。

我們會笑，我也是笑著寫。

笑著寫像是這些事情都沒什麼了。

笑著笑著就哭了，哭著哭著就笑了。

這像極人生，對，我寫了自己與他人的人生。

書裡關於夢想、關於金錢、關於性別都不是「政治正確」的完好模樣，不到修羅道，卻很人間。

「我想做一家以臺灣為傲、自己為傲的餐廳。」聽過不同主廚說過幾次，有些熟了，我不好意思再問他如今還自以為傲嗎？有些無緣了，餐廳走向變了，我也沒多說他們有沒有變。

這本書記錄了二〇一五年到二〇二四年臺灣高級餐飲的片段，我看過最多的變化是夢想。

必須向讀者坦承，我的專業是當魚販，但夢想不是。

當魚販時，我以為夢想是財富自由。當作家前，我以為夢想是作家。

結果全部都不是。

夢想是會變的。

各位，夢想會變遷。

現在聽起來很中二的莫忘初衷，其實超難。現實不斷地變，夢想會隨著水電費、存款、愛情、人際、小煩惱變化。我跟各位一樣，起初以為懷有夢想的廚師，擁有的夢想都是成為食神，能煮出自己的黯然銷魂飯。起初，我也以為自己在寫作的夢想是變成經典。擁有這樣夢想的人，真的很多。想得星的想升職的想得文學獎的人們呀，我們都好想受到讚揚。

用這本書，我想問問大家，夢想的樣貌一開始是最單純無腦的吧？像是征服世界。因為單純，所以遠大。在寫作路上，在做菜途中，在工作當下，各位有問過自己是不是違反了旁人的期待呢？

看起來遠大的夢想，轉換成看似短視的夢想。

從成為名廚變成家財萬貫，不是墮落。

反身回到我自己，我告訴自己在文學上的轉向，不是墮落，那只是路徑選擇罷了。曾經有過的夢想，如今的順位往後挪了些，不是忘記了，有時初衷是可延後的。

或是忘了，又如何。

謝謝所有幫助與離開的人。

我寫的是書，也是人生。

莫忘初衷，更要時常回望心中。

讀到這裡的你，讀者與作者的相聚離開是安安靜靜，如果想要召喚我，就試著在社群媒體寫寫這本書的想法吧。

謝謝你的閱讀，希望這本書有給予娛樂，能笑能哭就太好了。

這本書獻給各種溫度的工作人間，不單是炙焰廚房或水冰魚販。希望常溫的人們能見到我寫的那些特殊，從些許特殊看到普遍。

希望你能懂，真的。

廚房裡的偽魚販

作　　者—林楷倫
執行主編—羅珊珊
校　　對—吳如惠、羅珊珊、林楷倫
美術設計—廖　韡
行銷企劃—林昱豪

總 編 輯—胡金倫
董 事 長—趙政岷
出 版 者—時報文化出版企業股份有限公司
108019臺北市和平西路三段二四〇號四樓
發行專線—（〇二）二三〇六—六八四二
讀者服務專線—〇八〇〇—二三一—七〇五
（〇二）二三〇四—七一〇三
讀者服務傳真—（〇二）二三〇四—六八五八
郵撥—一九三四四七二四時報文化出版公司
信箱—一〇八九九臺北華江橋郵局第九十九信箱
時報悅讀網—http://www.readingtimes.com.tw
思潮線臉書—https://www.facebook.com/trendage/
法律顧問—理律法律事務所　陳長文律師、李念祖律師
印　　刷—勁達印刷有限公司
初版一刷—二〇二四年八月三十日
初版三刷—二〇二五年二月六日
定　　價—新臺幣三八〇元

時報文化出版公司成立於一九七五年，
並於一九九九年股票上櫃公開發行，於二〇〇八年脫離中時集團非屬旺中，
以「尊重智慧與創意的文化事業」為信念。

ISBN 978-626-396-663-5
Printed in Taiwan

本書榮獲 財團法人國家文化藝術基金會 National Culture and Arts Foundation 創作補助

廚房裡的偽魚販 / 林楷倫著. -- 初版. –
臺北市 : 時報文化出版企業股份有限公司, 2024.08

面； 公分

ISBN 978-626-396-663-5(平裝)

863.55 113011863